Jules Verne

Les aventures extraordinaires

Piccolia

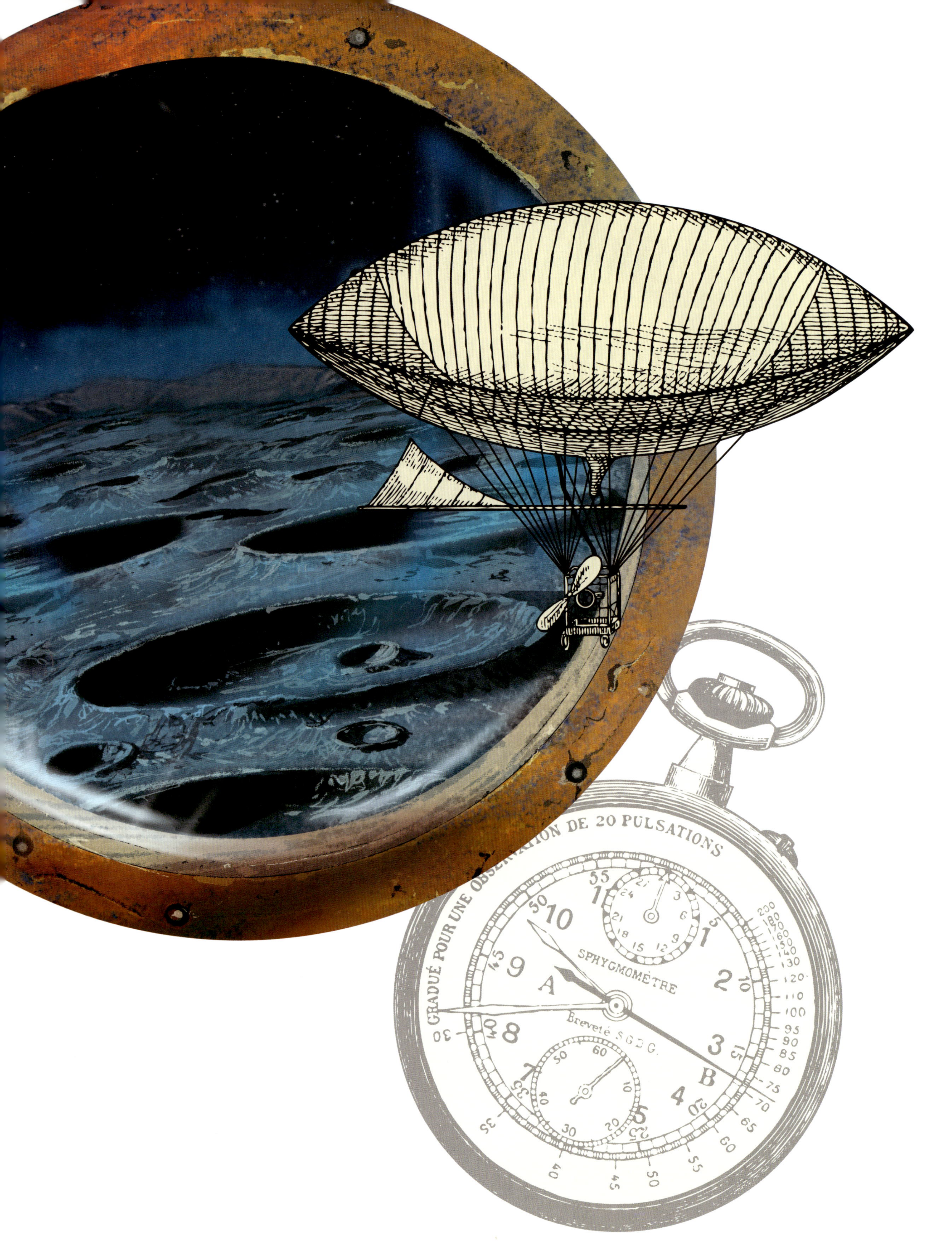
GRADUÉ POUR UNE OBS
ATION DE 20 PULSATIONS
SPHYGMOMÈTRE
Breveté S.G.D.G.

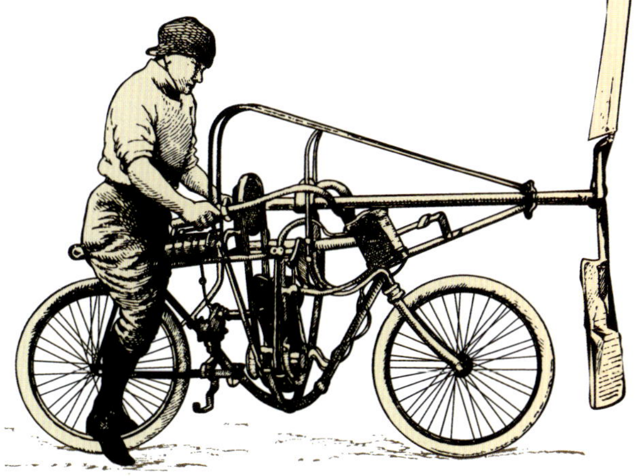

Sommaire

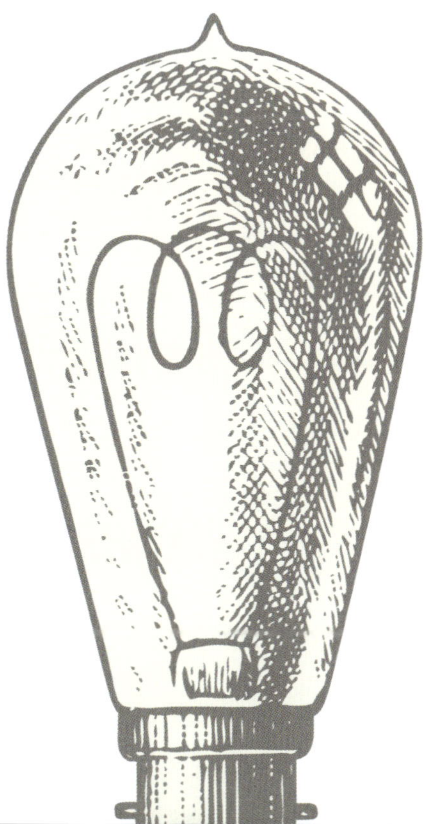

Vingt mille lieues sous les mers

Chapitre 1

Un mystérieux monstre marin

L'année 1866 fut marquée par un étrange événement : plusieurs bateaux avaient rencontré en mer un objet long, fuselé, parfois lumineux, bien plus grand et rapide qu'une baleine. Si c'était un immense poisson, sa vitesse inouïe et sa puissance ahurissante dépassaient tout ce que la science connaissait des fonds marins. Le 20 juillet, un bateau à vapeur provenant de Calcutta avait rencontré cette masse mouvante à l'est des côtes de l'Australie. Son capitaine se crut tout d'abord en présence d'un écueil lorsque deux colonnes d'eau s'élancèrent en sifflant, comme des geysers. À peine trois jours plus tard, on l'observa dans les mers du Pacifique. Comment cet animal pouvait-il parcourir de telles distances ? Partout dans le monde, on commença à parler d'un monstre inconnu. Puis, le premier accident eut lieu : un bateau canadien l'avait heurté et faillit couler avec ses 237 passagers à bord ! L'année suivante, le navire *Scotia* avait été littéralement percé par un instrument tranchant, dont cette bête était équipée. Par miracle, il réussit à accoster. Très vite, le monstre endossa la responsabilité de tous les naufrages, à tort et à travers. Il fallait agir ! Le 10 juin 1867, une frégate solide et puissante, nommée l'*Abraham-Lincoln*, largua les amarres dans le port de New York. Soutenue par plusieurs pays, la frégate avait pour mission de pourchasser le monstre à travers les océans. Les quais étaient bondés et des milliers de mouchoirs s'agitaient au-dessus de la foule. Des coups de canon saluèrent l'*Abraham-Lincoln* qui répondit en hissant le pavillon américain. Un cortège de bateaux suivit son départ jusqu'au moment où la frégate prit de la vitesse pour s'élancer sur les eaux sombres de l'Atlantique.

Juste après notre départ, sur le pont du navire, son commandant vint me saluer.

« Professeur Pierre Aronnax ! dit-il avec courtoisie. Je suis ravi que vous fassiez partie de l'expédition. Votre ouvrage *Les Mystères des grands fonds sous-marins* est une vraie référence en la matière.

– Vous êtes trop aimable, commandant Farragut ! Laissez-moi vous présenter Conseil, mon domestique qui m'accompagne avec dévouement dans tous mes voyages. »

En effet, Conseil me suivait partout depuis dix ans, sans jamais émettre la moindre plainte. Certes, il était assez flegmatique et il s'adressait à moi toujours à la troisième personne. Cependant, à force de côtoyer le monde du Muséum d'histoire naturelle de Paris, où je travaillais, Conseil devint imbattable dans la classification des plantes et des animaux marins. Conseil et moi, nous nous promenions sur le pont, en observant l'équipage, très enthousiastes à l'idée d'affronter le monstre. On parlait d'une espèce de narval géant, doté d'une défense extrêmement robuste, comme une sorte d'épée d'ivoire. Quant à l'idée d'avoir affaire à une machine sous-marine, celle-ci fut vite écartée : aucun gouvernement ne possédait un tel appareil et personne d'autre n'aurait ni les connaissances ni les moyens suffisants pour le fabriquer. Soudain, nous croisâmes un homme de grande taille et vigoureusement bâti. C'était le Canadien Ned Land, le roi des harponneurs. Grâce à son sang-froid, son audace et sa ruse, aucune baleine ne pouvait lui résister. Ned parlait peu et pouvait se montrer rageur si on le contrariait. Mais, comme j'étais français, il se prit d'une certaine affection pour moi. Un soir, nous étions sur la dunette, Ned Land, Conseil et moi, en train de parler de ces océans mystérieux dont les profondeurs étaient restées jusqu'ici inaccessibles aux regards de l'homme.

« Vous, Ned, qui êtes un baleinier de profession, commençai-je, ne pensez-vous pas que ce soit un gigantesque cétacé ?

– Vous me surprenez, monsieur le professeur, dit alors Ned. Que le public croie à l'existence d'un monstre antédiluvien passe encore, mais vous ? Le grand spécialiste des océans ? Pour moi, il n'existe pas de bête capable de transpercer la coque d'un navire. »

Trois semaines après, la frégate avait dépassé le tropique du Capricorne, puis navigua non loin des côtes de Patagonie, en Amérique du Sud. Nous continuâmes vers le détroit de Magellan. Au large des îles Malouines, la frégate communiqua avec des baleiniers américains mais ils n'avaient jamais vu cette licorne de mer. Le 6 juillet, l'*Abraham-Lincoln* doubla le cap Horn, ce roc perdu à l'extrémité sud du continent américain, puis son hélice battit enfin les eaux du Pacifique.

« Ouvrez grand les yeux ! » répétaient les matelots.

Moi-même, tantôt penché sur les bastingages du gaillard d'avant, tantôt appuyé à l'arrière, je dévorais d'un œil avide le cotonneux sillage qui blanchissait la mer jusqu'à perte de vue ! Le 20 juillet, nous franchissions l'équateur, puis le navire s'engagea vers les eaux centrales du Pacifique. L'équipage entier subissait une surexcitation nerveuse, dont je ne saurais donner l'idée. On ne mangeait pas, on ne dormait plus. Pendant trois mois, l'*Abraham-Lincoln* sillonna toutes les mers du Pacifique. Et rien ! Le découragement s'empara de l'équipage qui songeait à arrêter cette expédition infructueuse. Le 2 novembre, le commandant Farragut, comme Christophe Colomb autrefois, demanda aux marins encore trois jours de patience. Toujours en vain ! Le délai passé, la frégate changea de cap pour rentrer. Mais, ce soir-là, au milieu du silence général, une voix venait de se faire entendre. C'était celle de Ned Land.

« Ohé ! Je vois quelque chose, sous le vent, là-bas ! »

À ce cri, l'équipage entier se précipita vers Ned : commandant, officiers, maîtres, matelots, mousses, jusqu'aux ingénieurs qui quittèrent leurs machines. Mon cœur battait à se rompre. À deux encablures de l'*Abraham-Lincoln*, la mer semblait être illuminée par-dessous et ce n'était pas un simple phénomène de phosphorescence.

Le monstre, immergé à quelques mètres de la surface de la mer, projetait un éclat très intense, inexplicable. La partie lumineuse décrivait sur l'eau un immense ovale très allongé. Le monstre fit un mouvement en avant, puis en arrière. Un cri général s'éleva de la frégate.

« Silence ! ordonna le commandant Farragut. La barre au vent, toute ! Machine en arrière ! »

L'*Abraham-Lincoln* fit un demi-cercle en tentant de s'éloigner, mais la forme oblongue se rapprocha avec une vitesse deux fois plus rapide. On aurait dit que l'animal jouait avec nos nerfs. Tout à coup, il prit de l'élan, puis fonça subitement vers nous pour s'arrêter brusquement. Soudain, sa lumière disparut, puis reparut de l'autre côté de la frégate. À chaque instant, une collision pouvait se produire.

« Je n'ai plus aucun doute, dit le commandant. C'est un gigantesque narval, mais celui-là est électrique. Il possède en lui une puissance foudroyante. C'est, à coup sûr, le plus terrible animal qui soit jamais sorti de la main du Créateur. C'est pourquoi, monsieur Aronnax, je me tiendrai sur mes gardes. »

Nous étions tous aux aguets, mais vers minuit, le monstre disparut, ou plutôt il s'éteignit, comme un énorme ver luisant. Puis, un sifflement assourdissant se fit entendre, semblable à celui d'un jet d'eau, projeté avec une extrême violence.

« Ned Land, dit le commandant, avez-vous souvent entendu rugir des baleines ?

– Oui, monsieur, répondit le harponneur. Mais ce bruit-là est incomparablement plus fort. Avec votre permission, demain, je voudrais bien lui dire deux mots à cette bête-là. »

On resta sur le qui-vive jusqu'à l'aube, tout en se préparant au combat. Les engins de pêche furent disposés le long des bastingages. Cependant, une brume matinale très dense empêchait de bien voir.

« La chose en question, par bâbord derrière ! » cria Ned Land.

Là, face à la frégate, un long corps noirâtre émergeait d'un mètre au-dessus des flots. Sa queue, violemment agitée, produisait un remous considérable. Un immense sillage, d'une blancheur éclatante, marquait le passage de l'animal.

L'heure de la lutte avait sonné. L'*Abraham-Lincoln* se dirigea droit sur l'animal. Celui-ci prit une allure de fuite, en maintenant une distance constante. Le canon de gaillard fut chargé et braqué. Le coup partit, mais le boulet passa à quelques mètres au-dessus du cétacé. Une seconde détonation éclata, à laquelle se mêlèrent les hourras de l'équipage. Le boulet atteignit son but, il frappa l'animal mais, à la surprise générale, il glissa sur sa surface arrondie pour se perdre dans les profondeurs. Toute la journée, l'*Abraham-Lincoln* lutta avec une infatigable ténacité. Le soir, l'animal s'immobilisa et semblait dormir, sans doute épuisé. C'était le moment pour Ned Land d'agir. Il descendit seul dans un canot, rama vers l'animal, puis brandit son terrible harpon. J'entendis le choc sonore de l'arme qui heurta un corps exceptionnellement dur. Soudain, la clarté électrique s'éteignit et deux énormes trombes d'eau s'abattirent sur le pont de la frégate, courant comme un torrent de l'avant à l'arrière et renversant tous les hommes. Juste après, un choc effroyable se produisit et je fus projeté à la mer. Heureusement pour moi, je suis un bon nageur. Une fois remonté à la surface, je cherchai la frégate des yeux. Malgré, les ténèbres, je pus voir une masse noire qui disparaissait vers l'est. Je me sentis perdu.

« À moi ! à moi ! » criai-je, en nageant vers l'*Abraham-Lincoln*, complètement désespéré.

Mes vêtements paralysaient mes mouvements. Je commençai à couler, entraîné dans l'abîme... Soudain, je fus saisi par une main vigoureuse et j'entendis ces paroles prononcées à mon oreille :

« Si monsieur veut avoir l'extrême obligeance de s'appuyer sur mon épaule, monsieur nagera beaucoup plus à son aise. »

C'était Conseil, mon brave domestique, qui avait sauté dans la mer pour me sauver ! Au dernier moment, il avait entendu les matelots qui criaient que l'hélice et le gouvernail étaient brisés. L'équipage ne pouvait plus diriger la frégate.

« Alors, nous sommes perdus ! dis-je en suffoquant.

– Peut-être, répondit tranquillement Conseil. Cependant, nous avons encore quelques heures devant nous et, en quelques heures, on fait bien des choses ! »

L'imperturbable sang-froid de Conseil me rassura. Nous nageâmes en direction de l'*Abraham-Lincoln* durant de longues heures, en nous soutenant mutuellement. Vers une heure du matin, je fus pris d'une extrême fatigue. Conseil m'aida mais sa respiration devint courte et pressée. Je compris qu'il ne pourrait résister longtemps. Lorsque la Lune apparut, je pus apercevoir la frégate au loin. Je criai avec mon dernier souffle, en sachant bien que l'équipage ne pouvait nous entendre à cette distance. Soudain, on perçut un bruit. C'était une voix humaine. Conseil se mit à me remorquer vers cette voix car mes forces étaient à bout. Un corps très dur me heurta brusquement. On me hissa dessus, puis je m'évanouis. Lorsque je revins à moi, Conseil et Ned Land étaient auprès de moi.

« Où sommes-nous ? demandai-je aussitôt.

– Sur votre narval géant, répondit Ned. Seulement le monstre que nous chassions est fait d'acier ! Il a renversé mon canot mais j'ai réussi à me sauver. »

Le doute n'était plus possible ! L'animal qui intriguait le monde entier était un phénomène fabriqué par des hommes ! Nous étions étendus sur une sorte de sous-marin. D'ailleurs, la machine se mit à avancer. Mais alors, qu'allions-nous devenir si elle plongeait ? Il devenait urgent de communiquer avec les êtres renfermés dedans. J'étudiais attentivement la coque qui formait une sorte de plate-forme horizontale quand, brusquement, je la sentis s'enfoncer peu à peu.

« Eh ! mille diables ! s'écria Ned Land, frappant du pied la tôle sonore, ouvrez donc, navigateurs peu hospitaliers ! »

Mais il était difficile de se faire entendre au milieu des battements assourdissants de l'hélice. Heureusement, le mouvement d'immersion s'arrêta. Soudain, un bruit de ferrures violemment poussées se produisit à l'intérieur du bateau. Une plaque se souleva, un homme parut, jeta un cri bizarre et disparut aussitôt. Quelques instants après, huit solides gaillards apparaissaient silencieusement et nous entraînaient dans leur formidable machine.

Chapitre 2

La prison flottante

Après cet enlèvement brutalement exécuté, une porte se referma sur nous avec un retentissement sonore. Nous nous retrouvâmes dans une prison flottante. À qui avions-nous affaire ? Sans doute à quelques pirates d'une nouvelle espèce. Un frisson me glaça l'épiderme. Nous étions dans le noir. Je marchai en tâtonnant. Partout, je sentais des parois en fer, puis je heurtai une table en bois. Il n'y avait aucune fenêtre. Soudain, notre prison s'éclaira. Elle s'emplit d'une matière lumineuse tellement vive que je ne pus d'abord en supporter l'éclat. À son intensité, je reconnus cet éclairage électrique produit autour du bateau sous-marin, comme un magnifique phénomène de phosphorescence. Je vis que l'agent lumineux s'échappait d'un demi-globe dépoli qui s'arrondissait à la partie supérieure de la cabine.

« Enfin ! On y voit clair ! » s'écria Ned Land, qui se tenait sur la défensive, son couteau à la main.

Aucun son n'arrivait à notre oreille et tout semblait mort à l'intérieur de ce bateau. Puis, un bruit de verrou se fit entendre, la porte s'ouvrit, deux hommes parurent. Ils portaient les mêmes habits d'un tissu particulier et des bottes en peau de phoque. Ils parlaient dans une langue qui nous était inconnue. Nous tentâmes de nous présenter tous les trois : d'abord, moi en français et en latin, Ned en anglais et Conseil en allemand. Les deux inconnus échangèrent quelques mots. Enfin, l'homme à l'allure fière prit la parole.

« Messieurs, dit-il d'une voix calme et pénétrante, je parle toutes ces langues. J'avais besoin de vous entendre tous et de réfléchir quelques instants. Je dois vous dire que vous êtes venus troubler mon existence. Les plus fâcheuses circonstances vous ont mis en présence d'un homme qui a rompu avec l'humanité…

– Ce n'était pas notre intention, dis-je.

– Vraiment ? répondit l'inconnu, en forçant un peu sa voix. N'était-ce pas votre intention de me chasser sur toutes les mers, de m'attaquer avec vos boulets, de me frapper avec votre harpon… ?

– Sachez qu'en vous poursuivant, on croyait chasser quelque puissant monstre marin dont il fallait à tout prix délivrer l'Océan.

– Monsieur Aronnax, répondit l'homme, oseriez-vous affirmer que votre frégate n'aurait pas poursuivi et attaqué un bateau sous-marin aussi bien qu'un monstre ? »

Cette question m'embarrassa, car certainement le commandant Farragut n'eût pas hésité. Il eût cru de son devoir de détruire un appareil de ce genre, tout comme un narval gigantesque. Après un moment de silence, l'homme reprit :

« Vous resterez à mon bord, puisque la fatalité vous y a jetés. Vous y serez libres et, en échange de cette liberté, toute relative d'ailleurs, je ne vous imposerai qu'une seule condition. Il est possible que certains événements imprévus m'obligent à vous enfermer dans votre cabine pour quelques heures ou quelques jours, suivant le cas. Vous devrez m'obéir sans poser de questions.

– Quoi ! s'écria Ned. Nous devons rester enfermés ici, renoncer à jamais à revoir notre pays, nos amis, nos parents !

– Oui, monsieur. Mais ce ne sera peut-être pas aussi pénible que vous le pensez !

– Nous ne savons même pas où nous nous trouvons ! m'écriai-je.

– Vous êtes à bord de mon sous-marin, le *Nautilus*. Et je suis son inventeur. Je suis le capitaine Nemo. À présent, je vous laisse prendre quelque repos et profiter du repas de notre cuisinier. »

Les aliments qui nous furent servis étaient exquis, bien que complètement inconnus. Conseil restait imperturbable, comme à son habitude, contrairement à Ned Land qui supportait mal l'enfermement. Plusieurs heures après, le capitaine Nemo revint dans notre cabine pour nous proposer de nous faire découvrir le *Nautilus*. Nous prîmes une sorte de couloir électriquement éclairé, puis, après un parcours d'une dizaine de mètres, une porte s'ouvrit devant nous. Nous entrâmes dans une magnifique salle à manger. Elle était équipée de meubles très élégants et ornée avec beaucoup de raffinement. Juste à côté se trouvait une bibliothèque impressionnante avec un nombre incroyable d'ouvrages de science et de littérature. En voyant mon ravissement, le capitaine Nemo s'adressa à moi :

« Professeur Aronnax, j'ai lu plusieurs fois le livre que vous avez publié sur les grands fonds marins. Il est passionnant mais vous êtes loin de connaître tous les secrets des océans. Soyez certain que vous ne regretterez pas le temps passé à mes côtés. J'ai l'intention de faire un nouveau tour du monde sous-marin, le dernier peut-être, et vous serez mes compagnons. Vous allez voyager, tous les trois, dans un univers de merveilles ! »

Le capitaine parla avec une telle conviction que nous n'osâmes pas dire un mot. Quant à moi, j'avais oublié, durant quelques instants, notre liberté perdue, en rêvant de toutes ces choses fabuleuses que j'allais étudier pour l'intérêt de la science.

« Vous aimez la mer, dis-je tout simplement au capitaine Nemo.

– Oui, monsieur le professeur, la mer nous procure tout ce dont nous avons besoin ! C'est une nourrice prodigieuse et inépuisable ! Dans cet immense désert, l'homme n'est jamais seul, car il sent frémir la vie à ses côtés. La mer n'appartient pas aux despotes. À sa surface, les hommes peuvent se battre et transporter toutes les horreurs terrestres. Mais dans ses profondeurs, leur pouvoir cesse. Là, je ne reconnais aucun maître ! Là, je suis libre ! »

Le capitaine Nemo se tut brusquement. Avait-il trop parlé, lui qui paraissait si taciturne ?

Nous entrâmes ensuite dans un immense salon absolument splendide, qui ressemblait plutôt à un musée avec tous ses magnifiques objets : des tableaux de maîtres, des sculptures somptueuses et même un orgue qui trônait au milieu. De toute évidence, le capitaine Nemo était un homme très cultivé.

« J'aimais autrefois collectionner ces belles œuvres créées par la main de l'homme, expliqua le capitaine Nemo. J'étais un chercheur avide. Mais ce sont mes derniers souvenirs de cette terre qui est morte pour moi... »

Le capitaine Nemo semblait perdu dans une rêverie profonde. Je le considérais avec une vive émotion, analysant en silence les étrangetés de sa physionomie. Il ne nous voyait plus, il oublia notre présence. En respectant ce recueillement, nous admirions son incroyable collection de perles et de coquillages provenant des mers du monde entier. Aucun muséum ne possédait semblable trésor ! Conseil ne put s'empêcher de citer les noms scientifiques de quelques spécimens, mais plusieurs d'entre eux nous étaient totalement inconnus. Au milieu du salon, une fontaine retombait dans une vasque faite d'une seule coquille, fournie par le plus grand des mollusques.

« J'ai tout recueilli de ma main, dit soudain le capitaine Nemo. Il n'existe pas une mer sur cette planète qui ait échappé à mes recherches.

– Je comprends parfaitement votre passion et votre joie de vous promener au milieu de telles richesses. Cependant, je dois avouer que votre *Nautilus* et sa force motrice excitent au plus haut point ma curiosité.

– Alors, suivez-moi », dit le capitaine.

Nous quittâmes le salon pour découvrir tous les instruments de navigation et de mesure dont certains paraissaient extrêmement sophistiqués. Thermomètre, baromètre, hygromètre, chronomètre, boussole, sextant... je connaissais bien ces instruments habituels de tout navigateur. Cependant, il y en avait d'autres que j'ignorais complètement.

« Voici le manomètre qui indique la pression de l'eau, expliqua le capitaine. Et ceci, ce sont des sondes thermométriques qui rapportent la température des diverses couches d'eau. »

Puis, à notre grand étonnement, le capitaine Nemo nous fit découvrir cette énergie surprenante qui éclairait, chauffait et faisait fonctionner tous les appareils à bord : l'électricité ! De plus, le capitaine Nemo était capable de la produire lui-même en puisant dans les ressources sous-marines ! Nous étions sans voix devant un tel génie ! Il nous décrivit avec enthousiasme les caractéristiques du *Nautilus* et la manière dont on le manœuvrait. Ingénieur autrefois, il avait fait venir chaque morceau du sous-marin d'un point différent du globe, puis il avait fait tout assembler sur un îlot désert, en plein Océan. Personne ne se douta jamais de son incroyable construction. Lorsque le capitaine Nemo nous quitta, je m'adressai à Ned et à Conseil :

« Ce bateau est un chef-d'œuvre de l'industrie moderne ! Bien des gens accepteraient la situation qui nous est faite, ne serait-ce que pour se promener parmi ces merveilles. Aussi, soyons patients et tâchons de voir ce qui se passe autour de nous.

– Ne comptez pas sur moi, professeur, pour abandonner l'idée de m'enfuir de cette prison métallique, aussi fantastique soit-elle ! » déclara Ned Land.

Nous nous retrouvâmes subitement dans une obscurité absolue. Nous restâmes muets et immobiles, ne sachant quelle surprise nous attendait. Tout à coup, un glissement se fit entendre, comme si on manœuvrait des panneaux sur les flancs du *Nautilus*. Le jour se fit de chaque côté du salon, à travers deux ouvertures oblongues, éclairées de l'extérieur. Deux plaques de cristal nous séparaient de la mer. Je frémis à la pensée que cette fragile paroi pouvait se briser. Soudain, nous découvrîmes un spectacle indescriptible ! Emerveillés, nous restâmes accoudés devant ces vitrines et personne ne put rompre ce silence de stupéfaction. Des créatures marines surprenantes nageaient juste devant nous !

Chapitre 3

Dans l'océan Pacifique

Quelques jours plus tard, le capitaine Nemo nous convia à une partie de chasse en forêt. Mais, ô surprise ! La forêt en question se trouvait sous la mer ! Comment pourrions-nous nous déplacer et respirer à cette profondeur ? Il nous fit alors découvrir ses incroyables scaphandres imperméables qui fournissaient de l'oxygène ! Ned Land, en les voyant, manifesta une répugnance évidente à s'en revêtir et, malgré son rêve de chasser, il décida de ne pas tenter l'expérience. Conseil, quant à lui, me suivait partout, peu importent les risques. Ainsi équipés, nous marchâmes durant plusieurs heures sous l'eau, à travers des paysages à couper le souffle. C'était un enchevêtrement de couleurs, un monde paradisiaque de coquillages, polypes, coraux et rochers. Des milliers de poissons aux formes et couleurs fantaisistes nageaient autour de nous. Ensuite, nous parcourûmes une prairie d'algues, avant de nous retrouver au milieu d'une véritable forêt de plantes arborescentes où vivaient des poissons extraordinaires. Soudain, à quelques pas de moi, une monstrueuse araignée de mer apparut. Haute d'un mètre, elle me regardait de ses yeux louches, prête à s'élancer sur moi. Quoique mon scaphandre fût assez épais pour me défendre contre les morsures de cet animal, je ne pus retenir un mouvement d'horreur. Heureusement, le capitaine Nemo montra à son matelot le hideux crustacé. Le marin l'abattit d'un coup de crosse. Je vis alors les pattes du monstre se tordre dans de terribles convulsions.

Cette rencontre me fit penser que d'autres animaux, plus redoutables encore, devaient hanter ces fonds obscurs, et que mon scaphandre ne me protégerait pas toujours contre leurs attaques. Je n'y avais pas songé jusqu'alors et je résolus de me tenir sur mes gardes.

Je supposais d'ailleurs que cet événement marquait le terme de notre promenade, mais je me trompais. Au lieu de retourner au *Nautilus*, le capitaine Nemo continua son audacieuse excursion. Nous atteignîmes une étroite vallée, creusée entre de hautes parois à pic et située à environ 150 mètres de profondeur. L'obscurité devint plus dense. Aucun objet n'était visible à dix pas. Je marchais en tâtonnant quand je vis briller subitement une lumière blanche assez vive. Le capitaine Nemo venait de mettre son appareil électrique en activité. Son compagnon l'imita. Conseil et moi nous suivîmes leur exemple. Plusieurs fois, je vis le capitaine Nemo s'arrêter et mettre son fusil en joue, puis, après quelques instants d'observation, il reprenait sa marche. Soudain, un immense mur de rochers se dressa devant nous. C'était l'île Crespo. Ici finissaient les domaines du capitaine Nemo. Le retour commença. Cette nouvelle route, très raide et très pénible, nous rapprocha rapidement de la surface de la mer. Le matelot réussit même à tirer sur un énorme albatros qui tomba dans la mer, juste devant nous. J'étais épuisé. Brusquement, le capitaine Nemo me courba à terre de sa main vigoureuse. Son compagnon en fit autant avec Conseil. Nous étions immobiles, étendus sur le sol, à l'abri d'un buisson de varechs, quand j'aperçus d'énormes masses passer bruyamment en jetant des lueurs phosphorescentes. Le sang se glaça dans mes veines ! J'avais reconnu les terribles requins qui nous menaçaient. J'observais sans bouger leur ventre argenté, leur gueule énorme, hérissée de dents, en me prenant davantage pour une victime potentielle que pour un naturaliste. Très heureusement, ces voraces animaux voient mal. Ils passèrent sans nous apercevoir, en nous effleurant de leurs nageoires.

Par miracle, nous échappâmes à ce danger qui devait être plus grand que la rencontre d'un tigre en pleine forêt. Peu après, à mon grand soulagement, nous atteignions le *Nautilus*. La vie paisible à bord du sous-marin reprit son cours. Je voyais rarement le capitaine Nemo. C'étaient Conseil et Land qui passaient de longues heures avec moi. Conseil avait raconté à Ned les merveilles de notre promenade et le Canadien regrettait de ne pas nous avoir accompagnés. Mais j'espérais que l'occasion se représenterait de visiter d'autres forêts océaniennes. Presque chaque jour, pendant quelques heures, les panneaux du salon s'ouvraient, et nos yeux ne se lassaient pas de découvrir les mystères du monde sous-marin. Le 26 novembre, le *Nautilus* franchit le tropique du Cancer en direction du sud-est et, le 1er décembre, il coupa l'équateur. Peu après, nous aperçûmes les îles Marquises alors que nous nous tenions sur la plate-forme à l'extérieur. Notre navigation continua et elle fut marquée par la rencontre d'une immense troupe de calmars. On pouvait les compter par millions. Ils migraient des zones tempérées vers les zones plus chaudes, en suivant l'itinéraire des harengs et des sardines. Nous les observions depuis le salon, à travers les épaisses vitres de cristal. Un jour, j'étais plongé dans la lecture d'une étude scientifique lorsque Conseil m'interrompit.

« Monsieur veut-il bien venir un instant ? me dit-il d'une voix singulière.

– Un navire ! m'écriai-je en regardant à travers les vitres.

– Oui, confirma Ned Land, c'est un malheureux bateau qui a coulé à pic ! »

Il paraissait encore en très bon état. Son naufrage devait être très récent. Quel triste spectacle ! Nous étions muets, le cœur palpitant, devant cette tragédie maritime prise sur le fait. Comme si cette catastrophe avait été photographiée à la dernière minute ! D'énormes requins tournaient déjà autour. Le *Nautilus* allait rencontrer d'autres épaves qui achevaient de pourrir au fond de l'Océan.

Le 15 décembre, nous aperçûmes les sommets de Tahiti, la reine du Pacifique, puis l'archipel de Tonga-Tabou et des Nouvelles-Hébrides. Quelques jours plus tard, c'était Noël. Particulièrement triste ce jour-là, Ned Land pensa avec regret à cette fête familiale. Le 2 janvier, on suivit la côte nord-est de l'Australie où de dangereux récifs de coraux s'étendaient devant l'éperon du *Nautilus*. Ensuite, nous nous approchâmes de la Papouasie. Le capitaine Nemo décida alors d'emprunter le très dangereux détroit de Torrès, obstrué par une innombrable quantité d'îlots, de brisants et de rochers. Autour du *Nautilus*, la mer bouillonnait avec furie. La situation était périlleuse, mais le navire semblait glisser comme par enchantement au milieu de ces écueils mortels. On se dirigeait vers l'île Gueboroar lorsqu'un choc me renversa. Le *Nautilus* avait touché un écueil et était à présent bloqué par les rochers de corail. Il fallut attendre la marée haute pour être libérés. À notre grande surprise, le capitaine Nemo nous accorda la permission de descendre sur l'île. Un canot fut mis à notre disposition et Ned Land ne cachait pas sa joie de pouvoir enfin chasser un véritable gibier. Comme nous étions émus de toucher la terre ! Des arbres magnifiques y poussaient et nous nous régalâmes de bons fruits frais. La jungle était dense et des oiseaux tropicaux de toute beauté volaient en tous sens. Ned réussit à chasser plusieurs petits animaux et notre dîner s'annonçait vraiment succulent ! Soudain, une pierre vint tomber à nos pieds, puis une deuxième.

« Les sauvages ! cria Ned Land. Sauve qui peut ! »

Une vingtaine d'indigènes, armés d'arcs et de frondes s'approchaient de nous, sans courir mais animés de gestes très hostiles. Il était temps de déguerpir ! Les pierres et les flèches pleuvaient. Malgré le danger, Ned Land n'avait pas voulu abandonner ses provisions. Il détalait vers notre canot, son cochon sous un bras et ses kangourous sous l'autre. En deux minutes, nous étions sur la plage, puis nous partîmes au plus vite. Peu après, cent sauvages, hurlant et gesticulant, entrèrent dans l'eau jusqu'à la ceinture.

Une fois sur le *Nautilus*, je descendis prévenir le capitaine Nemo. Mais celui-ci resta imperturbable et continua de jouer de l'orgue. Le lendemain, le sous-marin était toujours coincé et les sauvages encore plus nombreux. Ils s'avançaient dans la mer. C'étaient de véritables Papous, très athlétiques, à la chevelure teintée de rouge. D'autres arrivèrent en pirogues, puis commencèrent à monter sur la plate-forme. Mais le premier ayant mis la main sur la rampe de l'escalier fut aussitôt rejeté en arrière par je ne sais quelle force invisible. Il s'enfuit en poussant des cris affreux et en faisant des cabrioles. Je compris que la rampe était faite à l'aide d'un câble de métal dans lequel le capitaine avait envoyé de l'électricité. Foudroyés, les indigènes partirent en hurlant. À ce moment-là, soulevé par la marée haute, le *Nautilus* quitta son lit de corail. Nous naviguions vers l'ouest. Le 13 janvier, le *Nautilus* contourna l'île Timor. J'avais lu qu'elle était gouvernée par des radjahs qui se prenaient pour les fils de crocodiles ! Ensuite, le cap fut mis sur l'océan Indien. Où la fantaisie du capitaine Nemo allait-elle nous entraîner ? L'avenir devait nous l'apprendre. Pendant plusieurs jours, nos journées se passèrent en expériences de toutes sortes, qui portèrent sur les degrés de sel contenu dans les eaux à différentes profondeurs, sur leur électrisation, leur coloration et leur transparence. Le capitaine Nemo se montrait toujours très ingénieux. Le 16 janvier, mes compagnons et moi fûmes témoins d'un étrange spectacle. Les panneaux du salon étaient ouverts et une vague d'obscurité régnait au milieu des eaux. Le temps semblait orageux. Soudain, le *Nautilus* se trouva subitement transporté en pleine lumière. Il flottait au milieu d'une couche phosphorescente qui, dans le noir, devenait éblouissante. En réalité, c'était une myriade de minuscules animaux. Parmi eux, d'autres apparaissaient, comme les marsouins, les espadons-voiliers, mais aussi des maquereaux, des poissons-clowns, des balistes et cent autres espèces qui zébraient cette atmosphère lumineuse.

Le 18 janvier, le temps devint menaçant et la mer houleuse. Je montai sur la plate-forme où je vis le capitaine Nemo qui observait l'horizon à travers une lunette. Il paraissait froid et en proie à une vive émotion. Que pouvait-il chercher dans cet immense espace ? Enfin, redevenant maître de lui, il s'adressa à moi :

« Monsieur Aronnax, me dit-il d'un ton assez impérieux, je réclame de vous le respect de l'un des engagements qui vous lient à moi. Il faut vous laisser enfermer, vos compagnons et vous, jusqu'au moment où je jugerai convenable de vous rendre la liberté.

– Vous êtes le maître, lui répondis-je, en le regardant fixement. Mais puis-je vous adresser une question ?

– Aucune, monsieur. »

Je redescendis l'annoncer à Conseil et à Ned Land. Ce dernier se mit aussitôt en colère. Juste après le repas, nous nous endormîmes immédiatement, sans doute sous l'emprise d'une drogue. Le lendemain, le capitaine Nemo était très anxieux. Il m'appela pour que j'examine l'un de ses hommes. Comme j'étais aussi médecin, je vis immédiatement que la blessure du marin était mortelle. Abattu, le capitaine m'expliqua que la dernière réparation du *Nautilus* avait mal tourné. Était-ce la vérité ? Peu après, nous descendîmes au fond de l'Océan, vêtus de nos scaphandres, pour enterrer ce brave homme dans un cimetière sous-marin. Le capitaine Nemo et tous les amis du marin, les bras croisés sur la poitrine, s'agenouillèrent dans l'attitude de la prière. Mes deux compagnons et moi, nous nous étions religieusement inclinés. Après ce tragique événement, le capitaine Nemo me parut encore plus mystérieux. Fallait-il haïr cet homme ou l'admirer ? Était-ce une victime ou un bourreau ? Nous étions des prisonniers, déguisés sous le nom d'« hôtes » par un semblant de courtoisie. Toutefois, Ned Land n'avait pas renoncé à l'espoir de recouvrer sa liberté. Il était certain qu'il profiterait de la première occasion que le hasard lui offrirait. Et je ferais comme lui, sans doute.

Chapitre 4

Les trésors du capitaine Nemo

Nous traversions à présent l'océan Indien. Ned Land se réjouit d'être à proximité de ces terres indiennes civilisées. Une occasion de s'échapper se présenterait peut-être. Le 28 février, je reconnus que nous étions non loin de l'île de Ceylan, au sud de la péninsule indienne.

« L'île de Ceylan, me dit le capitaine Nemo, est célèbre par ses pêcheries de perles. Vous serait-il agréable, monsieur Aronnax, de visiter l'une de ses pêcheries ? »

Conseil et Ned Land étaient intéressés eux aussi. La nuit suivante, nous mîmes nos scaphandres pour commencer notre promenade. Après une longue marche, nous entrâmes dans une grotte sous-marine où le capitaine Nemo nous montra une huître de dimension extraordinaire qui abritait une perle grosse comme une noix de coco ! Mais le capitaine ne la ramassa même pas. En sortant de la grotte, il s'arrêta brusquement. Un pêcheur indien plongeait, sans nous voir, sans doute pour chercher des perles. Soudain, une ombre gigantesque apparut au-dessus du malheureux plongeur. C'était un requin de grande taille qui s'avançait vers lui, l'œil en feu et les mâchoires ouvertes ! J'étais muet d'horreur, incapable de faire un mouvement. L'Indien esquiva la bête mais celle-ci le frappa avec sa queue à la poitrine. Le plongeur tomba au fond de la mer. Le requin allait le dévorer lorsque le capitaine Nemo s'interposa avec un admirable sang-froid. Un combat terrible s'engagea. Le capitaine n'avait que son poignard pour attaquer. La mer se teignit de rouge. Je vis l'audacieux capitaine Nemo, cramponné à l'une des nageoires de l'animal, lutter corps à corps avec le monstre. Le capitaine tomba sur le sol, renversé par la masse énorme qui pesait sur lui. Puis, les mâchoires du requin s'ouvrirent démesurément.

C'en était fait du capitaine si, son harpon à la main, Ned Land, se précipitant vers le requin, ne l'eût frappé de sa terrible pointe. Le capitaine se releva et alla droit vers l'Indien. Il le prit dans ses bras, puis le remonta à la surface de la mer. Sous les vigoureuses frictions de Conseil et du capitaine, le jeune pêcheur revint à la vie. Qu'avait-il pensé en voyant quatre grosses têtes en cuivre penchées sur lui, de même qu'un sachet de perles que le capitaine lui avait glissé dans la main ? Nous ne le saurons jamais. De retour sur le *Nautilus*, le capitaine remercia Ned de lui avoir sauvé la vie. Quelques jours plus tard, le *Nautilus* traversa la mer d'Oman, puis s'engagea dans les eaux de la mer Rouge. À cette époque, le canal de Suez n'était pas encore terminé. Comment le capitaine Nemo comptait-il rejoindre la mer Méditerranée ? Grâce à un tunnel sous-marin dont il était le seul à connaître l'existence ! Très vite, nous nous approchions des côtes européennes et Ned Land était de plus en plus obsédé par une tentative d'évasion. À ma grande surprise, le capitaine rencontra un homme au large des îles Cyclades à qui il remit plusieurs lingots d'or. D'où venait toute cette richesse et pour quelle raison l'offrir au Grec ? Nous traversâmes la Méditerranée à toute allure jusqu'au détroit de Gibraltar. Même pour Ned Land, sauter dans la mer pour s'enfuir eût été de la folie. Le *Nautilus* naviguait désormais dans les eaux de l'Atlantique.

« Connaissez-vous le mystère de la baie de Vigo ? me demanda un jour le capitaine Nemo. Je vous invite à regarder par la vitre. »

Je vis des hommes de l'équipage, revêtus de scaphandres, en train de déblayer des tonneaux à demi pourris et des caisses éventrées, au milieu d'épaves noircies par le temps. De ces caisses s'échappaient des lingots d'or et d'argent, des cascades de pièces et de bijoux. Le sable en était jonché. C'étaient les trésors arrachés aux Incas par les conquistadors espagnols ! Je compris alors que le capitaine Nemo devait utiliser cet argent pour soutenir des peuples opprimés.

Le 19 février, le capitaine me proposa une nouvelle excursion. C'était la nuit mais nous n'avions pas besoin de lampes : de loin, un volcan sous-marin nous éclairait le chemin grâce à ses torrents de lave qui se déversaient de son cratère. Soudain, sous mes yeux ébahis, apparut une ville ! Elle était complètement détruite : ses toits effondrés, ses temples abattus, ses arcs disloqués, ses colonnes gisant à terre... Je vis ensuite quelques restes d'un port antique, jadis grouillant de vie, et ceux d'un gigantesque aqueduc. C'était comme une Pompéi enfouie sous les eaux, que le capitaine Nemo ressuscitait pour moi ! Où étais-je ? Quelle était cette cité autrefois florissante ? Je voulais le savoir à tout prix. Le capitaine Nemo ramassa un morceau de pierre crayeuse, puis, sur un roc de basalte noir, il traça ce seul mot : ATLANTIDE. Était-ce vraiment l'Atlantide ? Ce légendaire continent disparu, peuplé par les puissants Atlantes ? Le philosophe grec Platon l'évoquait dans ses écrits mais personne ne l'avait découvert jusqu'à présent. La légende racontait qu'un cataclysme se produisit, des inondations et des tremblements de terre. Une nuit et un jour suffirent à l'anéantissement de l'Atlantide. À ce moment, la Lune apparut un instant à travers la masse d'eau et jeta quelques pâles rayons sur le continent englouti. Ce ne fut qu'une lueur, mais d'un indescriptible effet. Le capitaine se leva, jeta un dernier regard à cette immense plaine, puis de la main me fit signe qu'il était temps de rentrer. Le *Nautilus* continua à naviguer vers le sud. Il filait comme un ballon emporté par le vent. On pourrait dire que nous étions dans le salon comme dans le wagon d'un train express. Des raies d'une taille gigantesque, longues de cinq mètres et douées d'une grande force, passaient devant notre fenêtre de cristal. Des requins, des esturgeons, des poissons-trompettes, des poissons-lunes... toutes ces créatures impressionnantes nous passionnaient, Conseil et moi. Nous enrichissions nos études ichtyologiques grâce à nos observations depuis le *Nautilus*.

ATLANTID

Quelques jours plus tard, je trouvai le capitaine Nemo sur la plate-forme. Tout était noir autour de nous.

« Où sommes-nous ? demandai-je. On ne voit pas le ciel.

– Sur un lac qui se trouve à l'intérieur d'un volcan éteint, me répondit le capitaine. Le *Nautilus* a pénétré dans ce lagon par un canal naturel. C'est ici que se trouve son port d'attache, un port secret mais très commode car il est abrité de tous les ouragans. Son cratère nous apporte de l'air frais et ses rochers nous alimentent en charbon dont nous avons besoin pour produire notre électricité. »

Après cette halte surprenante, nous continuâmes vers la mer des Sargasses, connue pour ses prairies d'herbes et d'algues très épaisses. Pendant cette partie du voyage, au milieu de l'Atlantique, nous naviguâmes des journées entières à la surface des flots. La mer était comme abandonnée. À peine quelques navires à voiles, en direction des Indes, se dirigeaient vers le cap de Bonne-Espérance. Des troupes joueuses de dauphins et de poissons volants nous accompagnèrent pendant ce voyage. Si Conseil et moi trouvions toujours de quoi nous occuper à bord du *Nautilus*, pour Ned Land, habitué à une vie libre et active, cette existence monotone devait paraître insupportable. Cependant, ce jour-là, un incident vint lui rappeler ses beaux jours de harponneur. Vers 11 heures du matin, étant à la surface de l'Océan, le *Nautilus* tomba au milieu d'une troupe de baleines. Nous étions alors assis sur la plate-forme par une mer tranquille.

« Ah ! s'écria Ned Land, si j'étais à bord d'un baleinier, voilà une rencontre qui me ferait plaisir ! C'est un animal formidable ! Voyez avec quelle puissance ses évents rejettent des colonnes d'air et de vapeur ! Mille diables ! Je donnerais tout pour une partie de chasse !

– À quoi bon, dit sèchement le capitaine Nemo, chasser uniquement pour détruire ! Nous n'avons que faire d'huile de baleine à bord. »

Chapitre 5
La découverte du pôle Sud

Le capitaine Nemo ayant sévèrement condamné les instincts de chasseur de Ned Land, celui-ci se sentit extrêmement vexé. Cependant, le capitaine avait raison. L'acharnement barbare et inconsidéré des pêcheurs fera un jour disparaître la dernière baleine de l'Océan. Le *Nautilus* reprit sa course vers le sud. Voulait-il donc atteindre le pôle ? Je ne le pensais pas car jusqu'ici toutes les tentatives pour arriver jusqu'à ce point du globe avaient échoué. Pourtant, le 14 mars, j'aperçus les premières glaces flottantes. Ned Land, ayant déjà pêché dans les mers arctiques, était familiarisé avec ce spectacle des icebergs où des oiseaux polaires nichaient par milliers. Conseil et moi, nous l'admirions pour la première fois. Pendant cette navigation au milieu des glaces, le capitaine Nemo se tenait souvent sur la plate-forme.

Il observait avec attention ces parages abandonnés. Je voyais son regard si calme s'animer parfois. Se disait-il que dans ces mers polaires interdites à l'homme, il était là chez lui, maître de ces infranchissables espaces ? Peut-être. Mais il ne parlait guère. La température était très basse, mais nous étions chaudement habillés avec des fourrures de phoques. Le capitaine m'apprit qu'autrefois de nombreuses colonies de phoques habitaient ces îles, mais les baleiniers anglais et américains, dans leur rage de destruction, avaient laissé, après leur passage, le silence de la mort. Le 16 mars, le *Nautilus* coupa le cercle polaire antarctique, puis nous débarquâmes sur la banquise en tant que premiers êtres humains !

La végétation sur l'Antarctique était rare et désolée. En revanche, les oiseaux étaient très nombreux et d'une grande variété. Après avoir marché un peu, nous découvrîmes une énorme colonie de manchots. Ils poussaient des cris étranges qui ressemblaient à ceux d'un âne.

Soudain, une tempête de neige nous obligea à nous réfugier à l'intérieur du *Nautilus*. Mais dès le lendemain, Conseil et moi reprîmes notre exploration de la banquise. Nous nous promenions au milieu de troupeaux de phoques et de morses. Certains jouaient entre eux ou se déplaçaient par petits sauts. Nous aurions pu rester des heures à les observer ! Le capitaine Nemo, lui, était préoccupé par d'autres observations : celles du Soleil qui ne se montrait pas. On était le 20 mars et, avec l'équinoxe, il voulait mesurer le point exact du pôle Sud. Passé cette date, il faudrait attendre six mois avant de pouvoir recommencer les mesures. Le jour suivant, nous montâmes sur un pic d'où on voyait la mer. À midi moins le quart, le Soleil apparut enfin, comme un disque d'or, en dispersant ses rayons sur ce continent abandonné et sur cette mer que l'homme ne sillonnait pas encore. Mon cœur battait fort. Si la disparition du demi-disque du Soleil coïncidait avec le midi du chronomètre, nous étions au pôle même. Le capitaine observait le Soleil avec sa lunette. Quant à moi, je tenais le chronomètre.

« Il est midi, très précisément ! m'écriai-je.

– Et voici l'endroit exact du pôle Sud ! » répondit le capitaine Nemo d'une voix grave, puis il planta un drapeau noir portant la lettre N en déclarant :

« Moi, capitaine Nemo, ce 21 mars 1868, j'ai atteint le pôle Sud sur le 90e degré. Je prends possession de cette partie du globe égale au sixième des continents reconnus. Voici mon nouveau domaine ! »

J'observai le capitaine avec des émotions contradictoires d'admiration et de crainte : n'était-il pas fou ? Le lendemain, à 6 heures du matin, les préparatifs de départ furent commencés. Les dernières lueurs du crépuscule se fondaient dans la nuit. Le froid était vif. Les constellations resplendissaient avec une surprenante intensité. Au zénith brillait cette admirable Croix du Sud, l'étoile polaire des régions antarctiques.

Les réservoirs d'eau furent remplis et le *Nautilus* descendit lentement sous l'immense carapace glacée de la banquise. Puis, il avança droit vers le nord. À 3 heures du matin, je fus réveillé par un choc violent. Le sous-marin avait été touché par quelque chose et gisait désormais sur son tribord, à 360 m de profondeur ! Dans le salon, tous les meubles étaient renversés et les tableaux pendaient de travers. Le capitaine Nemo entra subitement. Sa physionomie, habituellement si impassible, révélait une certaine inquiétude. Il observa silencieusement la boussole, puis le manomètre. Enfin, il se retourna vers nous pour nous annoncer qu'un accident avait eu lieu. Une montagne entière de glace s'était retournée et l'un des blocs avait heurté le *Nautilus*. L'équipage était en train de vider les réservoirs d'eau de façon à équilibrer le sous-marin. Les panneaux du salon s'ouvrirent et nous pûmes constater avec horreur qu'à 10 mètres de chaque côté du *Nautilus*, s'élevait une impressionnante muraille de glace. Nous étions pris au piège ! Il était 5 heures du matin lorsqu'un nouveau choc se produisit, à l'avant du *Nautilus* cette fois-ci. Je compris que son éperon venait de heurter un autre bloc de glace. Le soir, un choc à l'arrière du sous-marin commença sérieusement à nous inquiéter. Le capitaine se montra, très soucieux.

« La route est barrée ? lui demandai-je.

– Oui, monsieur. L'iceberg en se retournant a fermé toute issue.

– Alors, nous sommes bloqués ?

– Oui », répondit-il simplement.

Puis, après un moment de silence, il reprit :

« Messieurs, il y a deux manières de mourir dans les conditions où nous sommes. La première, c'est de mourir écrasés par la glace. La seconde, c'est de mourir asphyxiés car nous n'avons aucune possibilité de remonter à la surface pour changer l'air. Je ne parle pas de mourir de faim, car les réserves du *Nautilus* dureront certainement plus que nous. »

En effet, nous commençâmes à sentir que l'air du *Nautilus* s'était alourdi et demandait à être renouvelé. Nous n'avions que quarante-huit heures avant que notre réserve ne soit épuisée ! Je m'adressai à Conseil et à Ned, l'air grave :

« Mes amis, la situation est dramatique, mais je compte sur votre courage et sur votre énergie.

– Monsieur Aronnax, me répondit Ned Land, ce n'est pas aujourd'hui que je vous ennuierai avec mes idées d'évasion. Je suis prêt à tout pour nous sortir de là. Je suis aussi habile à manier le harpon qu'une pioche. Si je puis être utile au capitaine, il peut disposer de moi. »

Sans attendre, le harponneur revêtit un scaphandre, tout comme le capitaine Nemo et une dizaine d'hommes de son équipage. Tous partirent pour tenter de creuser l'une des épaisses murailles de glace. Après deux heures d'un travail acharné, Ned Land rentra épuisé. Ses compagnons et lui furent remplacés par de nouveaux travailleurs auxquels nous nous joignîmes, Conseil et moi. L'eau me parut singulièrement froide, mais je me réchauffai promptement en maniant le pic. Quand je rentrai, après deux heures de travail, je trouvai que l'air du *Nautilus* était déjà très chargé de gaz carbonique. Pourtant, nous n'avions enlevé qu'une tranche de glace épaisse d'un mètre. Selon mes calculs, il fallait encore cinq nuits et quatre jours avant de nous libérer ! Étions-nous tous destinés à périr dans ce tombeau de glace ? La situation paraissait terrible. Mais chacun l'avait envisagée en face et nous étions tous décidés à faire notre devoir jusqu'au bout. Mais, le lendemain matin, lorsque je sortis travailler, je remarquai que les murailles latérales se rapprochaient peu à peu. L'eau continuait toujours à geler dans cet univers glacial ! Je partageai mes inquiétudes avec les capitaine Nemo.

« Je le sais, me dit-il d'un ton calme. C'est un danger de plus, mais je ne vois aucun moyen d'y remédier. Notre seule chance, c'est d'aller plus vite que la glace. »

Ce jour-là, pendant plusieurs heures, je maniai le pic avec opiniâtreté. Ce travail me soutenait. D'ailleurs, travailler signifiait quitter le *Nautilus* et respirer l'air pur des appareils.

Lorsque je rentrai à bord, je faillis être asphyxié. Ce soir-là, le capitaine Nemo dut ouvrir les robinets de ses réservoirs et lancer quelques colonnes d'air pur à l'intérieur du *Nautilus*. Sans cette précaution, nous ne nous serions pas réveillés. Le lendemain 26 mars, je repris mon travail de mineur en entamant le cinquième mètre. Les parois latérales et la surface inférieure de la banquise s'épaississaient visiblement. Il était évident qu'elles se rejoindraient avant que le *Nautilus* fût parvenu à se dégager. Le désespoir me prit un instant.

À quoi bon creuser si je devais périr étouffé et écrasé par cette glace ? Il me semblait que j'étais entre les mâchoires d'un monstre qui se rapprochaient inévitablement. De retour sur le *Nautilus*, le capitaine Nemo nous annonça avec gravité :

« Il faut tenter quelque chose de très risqué, sinon nous allons être compressés. On va utiliser de l'eau bouillante ».

Depuis les cuisines, l'eau à 100 °C fut envoyée dans les pompes, puis à l'extérieur. La glace recula ! Mais, pour nous dégager, nous avions encore quatre mètres de glace à creuser ! À bord du *Nautilus*, mes poumons souffraient en cherchant l'air qui se raréfiait de plus en plus. J'étais étendu presque sans connaissance. Pour me sauver, Conseil et Ned me donnèrent tout l'air qui leur restait au fond d'un appareil. Pendant ce temps-là, avec une détermination surhumaine, le capitaine Nemo réfléchissait et agissait. Il tenta le tout pour le tout en mettant le *Nautilus* en marche. L'hélice tournait à sa vitesse maximale. Enfin, le puissant sous-marin se libéra de sa prison ! Seulement, il était toujours sous la banquise. Il ne restait plus beaucoup de temps, il fallait à tout prix remonter à la surface. Soudain, propulsé avec toute sa force, le *Nautilus* creva la glace à l'aide de son éperon. Il se retrouva enfin à l'air libre ! Aussitôt, le panneau fut ouvert et nous respirâmes l'air frais à pleins poumons.

Chapitre 6

Les derniers secrets du capitaine Nemo

Après cette aventure exténuante, notre tour du monde continua vers le nord. Nous nous approchâmes de la Terre de Feu, à l'extrême sud du continent américain, puis remontâmes en suivant la côte à toute vitesse. Aux alentours de l'archipel des Malouines, je vis des algues impressionnantes et les plus belles méduses qui se déplaçaient comme de gracieuses ombrelles. Nous aperçûmes de loin la Patagonie, puis l'Uruguay. À la hauteur des côtes habitées du Brésil, le capitaine Nemo fonça à toute vitesse. Nous réussîmes tout de même à observer plusieurs groupes de lamantins qui paissaient tranquillement dans des prairies sous-marines. Ces animaux, extrêmement utiles, nettoyaient ainsi les embouchures des fleuves tropicaux. Mais depuis que les hommes les tuaient stupidement, la végétation vénéneuse s'était multipliée dans ces mers chaudes. Et ce fléau n'était rien en comparaison de ce qui frappera nos descendants, lorsque les mers seront dépeuplées de baleines et de phoques. Ce sera le règne des méduses, des poulpes et des calmars ! Nous étions prisonniers du *Nautilus* depuis six mois déjà et, lorsque le 16 avril, nous aperçûmes la Martinique et la Guadeloupe, Ned Land songea plus que jamais à retrouver sa liberté. Le capitaine comptait-il vraiment nous garder indéfiniment à son bord ? D'ailleurs, depuis quelque temps, cet homme devenait plus sombre et encore moins sociable que d'habitude. Il paraissait m'éviter. Pour ma part, je ne voulais pas que mes nouvelles recherches sur les océans fussent ensevelies avec moi dans cette prison métallique, sans jamais voir le jour. Et il faut dire que mes dernières découvertes étaient spectaculaires !

Le 20 avril, en observant la vie sous-marine à travers les vitres du salon, un monstre terrible apparut devant nos yeux épouvantés...

C'était un calmar de dimensions colossales, ayant huit mètres de longueur. Il marchait à reculons avec une extrême vélocité dans la direction du *Nautilus*. Il nous regardait de ses énormes yeux glauques et ses huit bras se tordaient comme des serpents. On voyait distinctement les ventouses des tentacules qui se collaient parfois sur les vitres du *Nautilus*. La bouche de ce monstre ressemblait au bec d'un perroquet : elle s'ouvrait et se refermait verticalement. Sa langue, armée de plusieurs rangées de dents aiguës, sortait en frémissant de cette véritable cisaille. Et nous n'étions pas au bout de nos surprises ! D'autres calmars apparaissaient à la vitre de tribord. J'en comptai au moins sept. Ils s'approchèrent du *Nautilus* et j'entendis soudain les grincements de leur bec sur la coque de tôle. Tout à coup, le *Nautilus* s'arrêta. Un choc le fit tressaillir dans toute sa structure. Le capitaine Nemo, suivi de son second, entra dans le salon.

« Nous allons devoir combattre ces calmars géants au corps à corps, dit le capitaine. L'hélice est arrêtée et je pense que c'est à cause de l'un de ces monstres. »

Je regardai le capitaine en croyant ne pas bien comprendre.

« Corps à corps ? répétai-je incrédule. Mais comment ?

– Nous allons remonter à la surface et massacrer toute cette vermine. Cependant, les balles électriques sont impuissantes contre ces chairs molles. Nous les attaquerons à la hache.

– Et au harpon, monsieur ! s'écria le Canadien, si vous ne refusez pas mon aide. »

Bien qu'avec répugnance, je décidai de participer au combat. Conseil me suivit, comme toujours. Autour de l'escalier central, une dizaine d'hommes, armés de haches d'abordage, se tenaient prêts à l'attaque. On dévissa les boulons du panneau pour sortir sur la plate-forme. Mais à peine dégagé, le panneau se releva avec une violence extrême, tiré par la ventouse d'un bras puissant d'un calmar. Aussitôt, l'un de ces longs bras se glissa comme un serpent à l'intérieur du sous-marin, et vingt autres s'agitèrent au–dessus.

D'un coup de hache, le capitaine Nemo coupa ce formidable tentacule, qui glissa en se tordant. Au moment où nous nous pressions pour atteindre la plate-forme, deux autres bras s'abattirent sur le marin de devant et l'enlevèrent avec une violence irrésistible. Le capitaine Nemo poussa un cri et s'élança au-dehors. Quelle scène ! Le malheureux, saisi par le tentacule, était balancé dans l'air au caprice de cette énorme bête. Il criait en étouffant : « À moi ! À moi ! » Ces mots, prononcés en français, me causèrent une profonde stupeur ! J'avais donc un compatriote à bord ! Cet appel déchirant, je l'entendrai toute ma vie ! L'infortuné était perdu. Cependant, le capitaine Nemo s'était précipité sur le monstre et, d'un coup de hache, il lui avait abattu un autre bras. L'équipage se battait avec rage à coups de hache. Ned Land, Conseil et moi, nous enfoncions nos armes dans ces masses charnues. C'était horrible. Au moment où le capitaine Nemo et son second s'avancèrent vers le calmar pour tenter à nouveau de sauver le marin, l'animal lança une colonne de liquide noirâtre. Nous en fûmes aveuglés. Quand ce nuage se fut enfin dissipé, le calmar avait disparu et, avec lui, le malheureux matelot. Quelle rage nous poussa alors contre ces monstres ! On ne se possédait plus. Dix ou douze calmars avaient envahi la plate-forme et les flancs du *Nautilus*. Nous nous battions pêle-mêle au milieu de ces tronçons de serpents qui tressautaient partout dans des flots de sang et d'encre noire. Il nous semblait que ces visqueux tentacules renaissaient comme les têtes de l'hydre. Soudain, Ned fut renversé par les tentacules d'un calmar et son terrible bec s'ouvrait sur lui. Je me précipitai à son secours. Mais le capitaine Nemo m'avait devancé. Sa hache disparut entre les deux énormes mandibules et, miraculeusement sauvé, le Canadien se releva pour plonger son harpon tout entier jusqu'au cœur de la bête.

« Je vous devais cette revanche ! » dit le capitaine Nemo au Canadien.

Ned s'inclina avec respect.

Enfin, au bout de ce combat sanglant, les monstres vaincus nous laissèrent et disparurent sous les flots. Le capitaine Nemo, immobile, regardait la mer qui avait englouti l'un de ses compagnons et de grosses larmes coulaient de ses yeux. Le *Nautilus* flottait désormais comme un cadavre au gré des vagues. Puis, le 1er mai, le sous-marin reprit sa marche en suivant le Gulf Stream, le fameux courant sous-marin. Il passa non loin des côtes est de l'Amérique du Nord, puis se dirigea vers les mers européennes. Quelque temps plus tard, nous entendîmes une détonation. C'était un navire de guerre, un redoutable cuirassé qui poursuivait le *Nautilus* en l'attaquant avec des boulets de canon. Ned Land sortit sur la plate-forme et se mit à agiter son mouchoir en espérant être libéré par ce bateau. Mais une main de fer attrapa son bras.

« Misérable, s'écria le capitaine Nemo, veux-tu donc que je te cloue sur l'éperon du *Nautilus* avant qu'il ne se précipite contre ce navire ! »

Il était terrible à entendre et encore plus terrible à voir. Brusquement, il déploya à l'avant de la plate-forme son pavillon noir. Il nous ordonna de rentrer. Une quinzaine de marins du *Nautilus* entouraient leur capitaine et on sentait que le même souffle de vengeance animait toutes ces âmes.

« Je suis le droit, je suis la justice ! s'écria le capitaine. C'est à cause d'un navire comme celui-ci que j'ai perdu tout ce que j'aimais : ma patrie, ma femme, mes enfants, mon père, ma mère. Je les ai vus périr ! »

Mes compagnons et moi, nous avions résolu de fuir cette nuit-là pour rejoindre le navire de guerre, mais le *Nautilus* s'immergea à quelques mètres. Il était trop tard pour agir. Soudain, je poussai un cri. Un choc eut lieu et je sentis la force pénétrante de l'éperon d'acier. Le *Nautilus*, emporté par sa puissance de propulsion, passait au travers du navire ! Éperdu, je m'élançai hors de ma chambre et me précipitai dans le salon. Le capitaine Nemo était là, muet, sombre et implacable, en train de regarder le drame qu'il avait provoqué.

Le navire sombrait et, pour ne rien perdre de son agonie, le *Nautilus* descendait dans l'abîme avec lui. Le pont était couvert d'ombres noires qui s'agitaient en vain. Tout l'équipage périt. Je me retournai vers le capitaine Nemo. Qui était-ce, ce terrible justicier ? Pourquoi continuait-il son œuvre de vengeance ? Tout à coup, sur un mur du salon, je vis le portrait d'une jeune femme avec deux petits enfants. Une partie de la mystérieuse existence du capitaine Nemo se dévoilait. À l'intérieur du *Nautilus*, il n'y avait que ténèbres et silence. Le sous-marin quitta ce lieu de désolation avec une rapidité prodigieuse. Où allait-il cette fois-ci ? J'étais rentré dans ma chambre où Ned et Conseil se tenaient abattus. J'éprouvais une insurmontable horreur pour le capitaine Nemo. Quoi qu'il eût souffert de la part des hommes, il n'avait pas le droit de les punir ainsi. Il avait fait de nous, sinon les complices, du moins les témoins de ses vengeances ! C'était déjà trop. Le sous-marin se dirigeait au nord, vers les mers boréales en traversant la Manche. Je ne pouvais plus dormir, sans cesse assailli par des cauchemars. L'horrible scène de destruction se répétait dans mon esprit. Je ne croisais plus personne à bord du *Nautilus*, ni le capitaine Nemo, ni son équipage. Ned Land ne disait pas un mot. La situation devint insupportable. Un matin, Ned m'annonça :

« Nous allons fuir cette nuit ! On ne voit plus aucune surveillance sur le Nautilus. Et peu importe la terre qui nous accueillera... »

Profitant de l'obscurité, nous nous échappâmes du *Nautilus* en décrochant son canot. Une fois à la mer, nous remarquâmes une grande agitation à bord du sous-marin. Mais elle n'était pas causée par notre évasion.

« Maelström ! Maelström ! » criaient les marins en désignant un endroit tout proche.

En entendant ce mot, je fus paralysé par la peur. Je connaissais l'existence de cet horrible gouffre, si dangereux, qui engloutissait les baleines et les navires ! Soudain, nous fûmes tous attirés dans ce tourbillon mortel dont aucun bateau n'avait jamais réchappé !

C'est là que le *Nautilus*, involontairement ou volontairement peut-être, avait été envoyé par son capitaine. Notre petit canot fut emporté, avec une vitesse vertigineuse, au milieu de ce gigantesque tourbillon. Et quel mugissement ! Quel fracas ! Nous étions horrifiés, ballottés affreusement. Nous nous tenions de toutes nos forces, notre vie en dépendait. Soudain, le canot fut projeté avec une force incroyable, comme la pierre d'une fronde. J'eus juste le temps d'apercevoir le *Nautilus* sombrer dans les profondeurs du gouffre. Après ce choc violent, je perdis connaissance. Comment le canot échappa aux puissants remous du maelström, comment Ned Land, Conseil et moi, nous sortîmes du gouffre, je ne saurais le dire. Mais quand je revins à moi, j'étais couché dans la cabane d'un pêcheur des îles Lofoten, en Norvège. Mes deux compagnons, sains et saufs, étaient près de moi et me pressaient les mains. Nous nous embrassâmes avec effusion. Que devint le *Nautilus* ? Résista-t-il aux étreintes du tourbillon ? Nous ne le saurons jamais. Un jour, peut-être, quelqu'un retrouvera le manuscrit que le capitaine Nemo écrivait durant toute cette aventure et dans lequel il avait raconté l'histoire de sa vie et toutes ses découvertes. Peut-être que le capitaine Nemo avait réussi à s'échapper et vivait toujours sous les océans. Puisse sa haine s'apaiser dans ce cœur farouche au milieu de cet univers prodigieux ! Ned Land retrouva le Canada, sa chère patrie. Conseil me resta fidèle, comme à son habitude. Quant à moi, je rentrai en France pour raconter nos incroyables périples. En moins de dix mois, je franchis vingt mille lieues en faisant le tour du monde sous-marin à travers le Pacifique, l'océan Indien, la mer Rouge, la Méditerranée, l'Atlantique, les mers australes et boréales ! Tant de merveilles m'avaient été révélées à bord du *Nautilus* ! Mais croira-t-on un jour à mon récit ?

Le Tour du monde en 80 jours

Phileas Fogg était un personnage énigmatique dont on ne savait rien. Il n'avait aucune famille, aucun ami et on ignorait d'où venait sa fortune qui lui assurait une vie tout à fait confortable. Ce qui était certain, en revanche, c'était son statut de gentleman irréprochable de la haute société anglaise. Sa vie était réglée avec une parfaite ponctualité et rien ne pouvait perturber ses activités quotidiennes, toujours les mêmes. Monsieur Fogg exigeait d'ailleurs les mêmes qualités de son unique domestique. Il attendait justement l'arrivée d'un nouveau candidat pour ce poste, un jeune Français qui se présenta devant lui à 10 h 30 précises.

« Je m'appelle Jean Passepartout, monsieur. Je crois être un honnête garçon, mais, pour être franc, j'ai fait plusieurs métiers, y compris chanteur ambulant, acrobate et pompier. Je me suis présenté chez monsieur avec l'espérance d'y vivre tranquille et d'oublier mon ancienne vie de baroudeur.

– Fort bien, dit simplement Phileas Fogg. À partir de ce moment, 11 h 29 du matin, ce mercredi 2 octobre 1872, vous êtes à mon service. »

Sur ce, monsieur Fogg sortit, sans ajouter une parole. Comme chaque jour, à la même heure, il se rendit au Reform Club, un endroit très chic où se réunissaient les hommes les plus honorables de Londres. Ce jour-là, ils discutaient avec entrain du vol qui avait eu lieu à la Banque d'Angleterre.

« 55 000 livres volées ! Et le coupable n'est pas un vulgaire voleur mais un gentleman ? Impensable ! s'écria Andrew Stuart. Mais grâce à nos détectives, il n'a aucune chance de s'échapper.

– Qui sait ? La terre est si vaste ! continua Gauthier Ralph.

– Elle l'était autrefois, dit tout à coup Phileas Fogg, avec son calme habituel. Mais de nos jours, il est possible de faire le tour du monde en quatre-vingts jours, très exactement.

– C'est insensé ! s'écria Andrew Stuart. C'est sans compter le mauvais temps, les naufrages, les retards de trains… Je parierais 20 000 livres qu'un tel voyage est impossible !

– Pari accepté, répondit Phileas Fogg. Je possède la même somme chez Baring frères. Elle sera à vous si je ne suis pas de retour dans ce salon même du Reform Club dans quatre-vingts jours, c'est-à-dire, le samedi 21 décembre, à 8 h 45 du soir. Ceci étant dit, continuons à jouer aux cartes, messieurs ! »

Quelle ne fut la surprise de Passepartout lorsqu'il apprit qu'il devait partir, dix minutes plus tard, avec son maître faire le tour du monde ! Lui qui rêvait d'une vie stable et paisible… Ainsi, à 8 h 45 du soir, les deux voyageurs quittèrent la gare de Charing Cross à Londres pour commencer leur incroyable périple. Au même moment, un message fut envoyé au chef de la police anglaise, signé par le détective Fix :

« Je file le voleur de la Banque d'Angleterre, le nommé Phileas Fogg. Envoyez sans retard le mandat d'arrestation. »

Ignorant d'être recherché par la police, monsieur Fogg entama son tour du monde sans encombre : il passa par Paris, puis par Turin et Brindisi en Italie. Enfin, il prit un bateau pour se rendre à Suez en Égypte. C'est là que le détective Fix espérait l'arrêter, mais sans document officiel, il ne put rien faire. Il réussit tout de même à faire connaissance avec le très bavard Passepartout. Le détective découvrit ainsi quel parcours monsieur Fogg projetait de faire. Sans hésiter, Fix embarqua sur le même paquebot en direction de Bombay, en Inde. Mais là, il apprit, exaspéré, que le mandat d'arrestation n'avait toujours pas été envoyé. Tant pis ! Pour poursuivre le voleur, il était décidé à continuer le voyage jusqu'à Calcutta, s'il le fallait. Pendant ce temps-là, Phileas Fogg notait scrupuleusement sur son carnet qu'il avait gagné deux jours sur son programme et que le train pour Calcutta partait à 8 heures précises. Contrairement à son maître qui passait son temps à l'hôtel, Passepartout était curieux et décida de visiter la bouillonnante ville de Bombay.

Au milieu d'une grande fête religieuse, il aperçut une magnifique pagode. Mais ce qu'il ignorait, c'était qu'il était absolument interdit d'y pénétrer en chaussures. Soudain, trois prêtres furieux sautèrent sur lui en le rouant de coups. Et c'est pieds nus et en courant comme un fou que le pauvre Passepartout arriva à la gare… cinq minutes avant le départ du train ! Bondé de passagers, le train traversa une jungle peuplée de tigres, de singes et de serpents. Cependant, monsieur Fogg préféra de loin jouer aux cartes avec son voisin, le général Cromarty, plutôt que d'admirer ces paysages sauvages. Soudain, la locomotive s'arrêta au milieu d'une forêt de tamarins.

« Le chemin de fer n'est pas terminé, annonça tout simplement le conducteur indien. Il va falloir vous débrouiller. »

Heureusement, Passepartout, toujours très malin, trouva le dernier moyen de transport disponible : un éléphant ! Et c'est sur son dos que Phileas Fogg, sir Cromarty et Passepartout continuèrent leur voyage, affreusement secoués. Après un bon moment, le guide indien aperçut de loin une procession de prêtres brahmanes. Ils portaient le corps d'un vieillard et une jeune Indienne marchait juste derrière, entourée par des gardes armés de sabres.

« C'est un rituel funéraire pour un vieux rajah, expliqua sir Cromarty qui connaissait bien les traditions en Inde. Le corps de ce vieux prince sera brûlé et sa jeune épouse avec lui. »

Sans hésiter, Phileas Fogg décida de sauver la jeune femme. Seulement, les gardes étaient bien trop nombreux. À l'aube, alors qu'il faisait encore assez sombre, le bûcher commença doucement à brûler. Le corps du prince et de sa femme étaient couchés dessus. De toute évidence, la princesse était vivante mais droguée par des potions puissantes. Une foule se réunit autour en poussant des vociférations religieuses. Soudain, un homme se releva du bûcher en portant la jeune femme dans ses bras. Le vieux prince n'était donc pas mort ? Pris d'une terreur subite, les fakirs, les gardes, les prêtres n'osaient pas lever les yeux.

Dissimulé dans la fumée épaisse, l'homme se faufila en direction de Phileas Fogg, puis dit :

« Filons ! »

C'était le courageux Passepartout qui avait arraché la jeune princesse indienne à la mort ! Un instant après, les aventuriers disparaissaient dans la jungle, à dos d'éléphant, loin de la foule déchaînée. La princesse s'appelait Aouda. Mariée de force au vieux rajah, elle devait être sacrifiée, selon les vieilles coutumes barbares. Sir Cromarty était persuadé que la vie de la jeune femme était toujours en danger, tant qu'elle restait en Inde. Il parut donc évident à Phileas Fogg que Mme Aouda les accompagnerait dorénavant jusqu'à un endroit où elle serait en sécurité. Après cette aventure, le général Cromarty les quitta à regret, appelé par son devoir militaire. La princesse Aouda, quant à elle, reprit enfin ses esprits et remercia ses sauveurs avec effusion. C'était une jeune femme charmante, très cultivée et qui parlait parfaitement bien anglais. Tout s'annonçait bien, quand un événement totalement imprévu perturba le programme. Dès leur arrivée à Calcutta, Passepartout fut arrêté par des policiers ! Fogg garda son sang-froid face à la situation, même si le paquebot pour Hong Kong partait six heures plus tard... Un procès eut lieu. Passepartout était accusé d'avoir profané la pagode de Bombay en y entrant avec ses chaussures ! La punition risquait d'être sévère. Passepartout ne savait pas que Fix était pour beaucoup dans sa condamnation. Le détective obstiné avait manigancé ce procès pour retarder Phileas Fogg, le temps de recevoir enfin ce satané mandat d'arrestation. Avec son assurance habituelle, Fogg offrit une énorme somme d'argent, en guise de caution, pour libérer son domestique. Caché dans un coin du tribunal, Fix fulminait. Il n'avait pas d'autre choix que d'embarquer sur le bateau pour l'île de Hong Kong, qui appartenait à l'époque à l'Empire britannique. Après avoir fait escale à Singapour, les voyageurs naviguèrent sur une mer agitée. Monsieur Fogg se montrait très avenant avec la princesse Aouda, tout en restant assez froid et distant. Mme Aouda, elle, ne se plaignait jamais et admirait de plus en plus ce gentleman anglais.

Débarqué à Hong Kong, le détective Fix apprit avec exaspération qu'il ne pouvait toujours pas arrêter Phileas Fogg. Si celui-ci quittait ce dernier territoire anglais, son arrestation serait compromise. Il cachait difficilement sa colère pendant que Passepartout, lui, rayonnait : le bateau *Carnatic* pour Yokohama, au Japon, partait en avance, après avoir réparé ses chaudières. Il allait justement en informer monsieur Fogg et Mme Aouda quand Fix lui proposa de boire un verre dans une taverne. Il s'agissait en réalité d'une tabagie où l'on fumait cette sinistre drogue, appelée l'« opium ». Sans se méfier, Passepartout prit une pipe d'opium et, quelques bouffées plus tard, il tomba raide, complètement drogué.

Pendant ce temps-là, surpris de l'absence de Passepartout, Phileas Fogg et Mme Aouda se présentèrent à l'embarquement, selon l'heure prévue. Leur bateau était déjà parti ! Et il fallait attendre huit jours pour le suivant. Phileas Fogg resta imperturbable. Pour une somme d'argent exorbitante, il loua un petit voilier avec de hardis marins à son bord. Ils avaient une chance infime d'atteindre Shanghai, en Chine, pour attraper un autre paquebot pour Yokohama. Le détective Fix, toujours aux aguets, ne pouvait laisser le voleur s'échapper. À défaut de l'arrêter, il embarqua avec Fogg pour ne pas perdre sa trace. Passepartout restant introuvable, il fallut partir sans lui. La traversée fut encore pire que la précédente ! Un typhon faisait rage sur la mer de Chine. Ce fut un miracle si le petit voilier ne coula pas. Mais qu'était-il arrivé à Passepartout ? Réveillé de sa torpeur, il courut au port et sauta sur le pont du *Carnatic* au tout dernier moment. Mais, une fois en mer, Passepartout comprit pourquoi ni son maître ni Mme Aouda ne s'y trouvaient.

« Quel idiot je suis ! Je ne les ai pas prévenus du départ avancé du *Carnatic* ! Si monsieur Fogg perd son pari, ce sera à cause de moi ! »

Et c'est ainsi que Passepartout se retrouva seul et sans argent à Yokohama, cette magnifique ville japonaise. Mais le brave Français avait plus d'un tour dans son sac ! Il découvrit que la célèbre troupe d'acrobates japonais, les Longs-Nez, donnait sa dernière représentation, avant son départ pour les États-Unis. Voici une chance à saisir pour rattraper son maître ! Passepartout fut engagé et le jour même, il participa au spectacle. On le voyait en bas d'une pyramide humaine, absolument impressionnante. Passepartout sentait de plus en plus le poids des autres acrobates, quand, soudain...

« Mon maître ! Madame Aouda ! Vous êtes ici ! »

Heureux de les apercevoir parmi les spectateurs, Passepartout abandonna son poste. La pyramide s'écroula dans un fracas ahurissant. En effet, dès qu'ils arrivèrent à Yokohama, Phileas Fogg et Mme Aouda se mirent à chercher Passepartout et la chance les réunit à nouveau. Les trois voyageurs purent prendre le paquebot en direction de San Francisco, aux États-Unis, le soir même, avec le détective Fix à leurs trousses. Arrivés sur le continent américain, il leur fallait à présent prendre le train pour traverser tout le pays jusqu'à New York ! Rien n'aurait pu arrêter ce train extraordinaire, conduit par des Américains, si fiers de leur pays : ni la neige, ni le troupeau de bisons, ni le pont suspendu, en partie ébranlé, et qui s'écroula juste après leur passage ! Mais le plus dur était à venir... Les passagers, qui étaient tranquillement installés à jouer aux cartes, entendirent soudain des cris sauvages, puis des détonations. Une bande de Sioux attaquait le train ! Ces Indiens intrépides n'étaient pas à leur coup d'essai. Sans même attendre l'arrêt de la locomotive, ils sautèrent de leurs chevaux dans les wagons. Le mécanicien et le conducteur avaient été assommés. La locomotive filait à présent avec une vitesse effroyable. Il fallait arrêter ce train fou à tout prix, au risque de dérailler. Au péril de sa vie, Passepartout décrocha les wagons de la locomotive.

Tous les passagers combattirent avec courage. Même la princesse Aouda se défendait, le revolver à la main. Alertés par les coups de feu, les soldats du fort tout proche arrivèrent juste à temps pour faire fuir les Sioux. Mais comment continuer le voyage sans la locomotive ? On trouva un moyen : un traîneau doté d'une voile ! Il glissa en ligne droite, sur une prairie gelée, jusqu'à la ville d'Omaha, où les aventuriers attrapèrent le train pour Chicago, puis pour New York. Le 11 décembre, Mme Aouda, Fogg, Passepartout et Fix se trouvaient dans le port de New York : le bateau en direction de Liverpool, en Angleterre, était parti depuis quarante-cinq minutes ! Cette fois-ci, tout était perdu ! Mais Phileas Fogg ne se résignait jamais : il loua un petit bateau à vapeur avec une coque en fer. Après plusieurs jours de traversée, le charbon commença à manquer. Il fallut brûler tout ce qui était en bois pour avancer. Et c'est sur une véritable carcasse que les aventuriers atteignirent enfin Liverpool. Le 21 décembre, à 11 h 40, ils s'apprêtaient à prendre le train pour Londres…

« Je vous arrête, au nom de la reine ! » s'exclama tout à coup le détective Fix, devant Passepartout et Mme Aouda, médusés.

Fix rêvait de ce moment depuis si longtemps ! Cependant, il commit là une grossière erreur : trois jours avant, la police de Londres avait déjà trouvé le véritable voleur. Monsieur Fogg fut libéré mais il arriva à Londres avec cinq minutes de retard ! Il avait perdu son pari. Ce jour-là, la princesse Aouda avoua son amour à Phileas Fogg, qui n'aurait jamais imaginé ressentir un tel bonheur. Il était ruiné, certes, mais si heureux ! Mais l'histoire ne s'arrête pas là… Le lendemain, Passepartout se rendit chez un révérend pour organiser le mariage le jour même. Il en sortit en se précipitant comme une trombe chez son maître :

« Monsieur Fogg, vous vous êtes trompé d'un jour ! Nous avons fait le tour du monde vers l'est, au-devant du Soleil. Nous avons donc gagné un jour ! »

Ce samedi-là, le 21 décembre, à 8 h 44 et 57 secondes, Phileas Fogg se présenta au Reform Club, sous un tonnerre d'applaudissements, après avoir accompli le tour du monde en quatre-vingts jours.

Les Enfants du capitaine Grant

Le 26 juillet 1864, un magnifique yacht, appelé le *Duncan*, naviguait sur le canal du Nord. Il appartenait à lord Edward Glenarvan, l'un des seize pairs écossais. Lord Glenarvan se trouvait à bord accompagné de sa jeune épouse, lady Helena, et de l'un de ses cousins, le major Mac Nabbs. La navigation se passait à merveille lorsque le capitaine, John Mangles, annonça la présence d'un énorme requin-marteau qui suivait le bateau. Pour les marins, c'était l'occasion rêvée d'attraper ce monstre des mers. La pêche fut bonne et les marins étaient curieux à présent de découvrir ce que la bête contenait dans ses entrailles. Ils connaissaient sa voracité et s'attendaient à quelques surprises. En effet, ils ne furent pas déçus...

« C'est une bouteille qu'il a dans son ventre ! s'écria Tom Austin, le second du yacht.

– Eh bien, retirez-la avec précaution, dit lord Glenarvan. Les bouteilles retrouvées en mer renferment souvent des documents précieux. »

Lord Glenarvan ne se trompait pas. La bouteille contenait des feuilles très abîmées sur lesquelles on devinait un message. Après une analyse scrupuleuse, on constata qu'il s'agissait là de trois copies du même document : en anglais, en français et en allemand. Glenarvan lut le message en français, le mieux conservé :

« ...7 juin 1862 trois-mâts Britannia Glasgow sombré ...gonie ... austral ... à terre deux matelots capitaine Gr... ...abor contin... pr... cruel indi... ... jeté ce document ... de longitude et 37° 11 de latitude. Venez à leur secours ... perdus. »

John Mangles se mit aussitôt à feuilleter une liasse de journaux de 1862. Très vite, il découvrit que le bateau *Britannia*, dirigé par le capitaine Grant, avait quitté le port de Callao au Pérou, puis, huit jours après son départ, on avait complètement perdu sa trace.

Le mystérieux message s'éclaircissait peu à peu : le capitaine Grant, avec deux matelots, devait se trouver en hémisphère austral, vraisemblablement en Patagonie, en Amérique du Sud, emprisonné par de cruels Indiens. Dès son retour, lord Glenarvan adressa une dépêche au journal *Times* pour informer le public de son incroyable découverte. Ensuite, il fit tout son possible pour organiser une expédition de secours. Hélas, les autorités anglaises jugèrent le document bien trop obscur pour dépenser des millions pour ce sauvetage hypothétique. Edward Glenarvan s'en retourna à son château bredouille. Lorsqu'il pénétra dans le salon, il trouva lady Helena en compagnie d'une jeune femme et d'un garçon.

« Je suis Mary Grant et voici mon frère Robert. Nous sommes les enfants du capitaine Grant. J'ai lu votre dépêche dans *Times* et on voulait savoir si vous aviez d'autres informations sur le sort de notre père.

– Malheureusement, non, répondit lord Glenarvan, accablé par le malheur de ces deux orphelins. Une expédition de secours n'est pas envisageable. Je le regrette vraiment.

– Mais nous possédons un bon navire ! dit soudain lady Helena. Au lieu de faire notre voyage de noces, comme c'était prévu, partons sauver ce malheureux capitaine Grant ! »

Lord Glenarvan serra sa femme dans ses bras, de même que Mary et Robert qui pleuraient tous très émus. Le *Duncan* quitta le port de Glasgow le 25 août. Lady Helena et les enfants du capitaine Grant étaient du voyage. Peu après leur départ, un événement inattendu se produisit : un passager inconnu apparut tout à coup sur le bateau. Il s'agissait d'un dénommé Jacques Paganel, un Français particulièrement étourdi qui s'était trompé de bateau ! Comme il était le secrétaire de la Société de Géographie de Paris, le message du capitaine Grant l'intrigua énormément. Il décida alors de prendre part à l'aventure. Le navire avançait vite vers l'équateur, poussé par les courants favorables du nord de l'Afrique.

Le 7 septembre, le navire entra dans l'hémisphère sud, puis navigua vers le détroit de Magellan, à la pointe de l'Amérique du Sud. Quelques jours après, le *Duncan* fonçait à pleine vapeur vers la baie de Talcahuano, sur la côte ouest du Chili. C'est là que lord Glenarvan commença son enquête sur la disparition du bateau du capitaine Grant. Malheureusement, personne n'avait entendu parler du naufrage du *Britannia*. Le capitaine Grant était-il vraiment en Patagonie ? Jacques Paganel sortit une carte. Et si le capitaine Grant avait jeté sa bouteille dans un fleuve qui l'avait ensuite emportée vers l'Océan ? Après une longue réflexion, les aventuriers décidèrent de suivre le 37e parallèle, indiqué dans le message, en traversant tout le continent américain d'ouest en est. Le départ fut fixé au 14 octobre. Le *Duncan* repartit avec les deux femmes, le capitaine Mangles et quelques matelots, vers la côte est de l'Argentine où il devait attendre les aventuriers. Glenarvan, Paganel, Mac Nabbs, le jeune Robert Grant, ainsi que trois marins firent partie de l'expédition. La traversée de la cordillère des Andes commença à dos de mulets avec un guide local. Soudain, le groupe se retrouva dans une impasse à cause d'un éboulement.

« On se passera des mulets et du guide ! s'écria Paganel. C'est moi qui vous guiderai ! »

Toute l'équipe, sans oublier le jeune Robert, marcha sans s'arrêter. Des lamas, des vigognes et des alpagas apparaissaient par-ci par-là. Sur ce sol aride ne poussaient que des herbes et des cactus et la région présentait un aspect funeste avec ses cimes désolées. En montant, l'oxygène devint plus rare et la fatigue se faisait sentir de plus en plus. Les sept hommes durent affronter les neiges éternelles. Épuisés, ils trouvèrent refuge dans une hutte abandonnée pour y passer la nuit. Soudain, ils entendirent des hurlements de bêtes sauvages. Ils s'élancèrent hors de leur abri et virent des milliers d'animaux dévaler la montagne, telle une avalanche. De quoi avaient-ils si peur ?

« C'est un tremblement de terre ! » s'écria lord Glenarvan.

Les secousses devinrent extrêmement fortes. Le plateau rocheux, sur lequel ils se tenaient tous, se détacha soudain du sol, puis se mit à glisser le long de la pente dans un fracas assourdissant. Les hommes s'accrochaient au moindre lichen, aveuglés par les tourbillons de neige et glacés par le froid. Tout d'un coup, un choc d'une incomparable violence les arracha de leur roche pour les projeter en avant. Ils étaient tous là, vivants, tous… sauf Robert. Lord Glenarvan erra très longtemps dans la montagne, en appelant en vain le jeune garçon. Soudain, Mac Nabbs montra dans le ciel un énorme oiseau qui tenait une proie entre ses griffes. C'était un condor et sa proie, c'était Robert ! Le garçon ne bougeait pas. Comment le libérer ? Une détonation retentit brusquement. Le condor s'affaissa sur le sol mais sans lâcher le garçon. Robert était toujours en vie ! Son sauveur, un Patagon très robuste apparut non loin. Il s'appelait Thalcave. Lorsqu'il proposa son aide pour traverser la Pampa, cette immense plaine sans arbres, tout le monde l'accueillit avec joie. Il leur fallait d'abord de bons chevaux. Celui du Patagon, nommé Thaouka, était un magnifique cheval argentin d'une grande intelligence. Après avoir franchi les montagnes, la troupe dut affronter des dunes de sable, puis un vent violent, le Pampero, qui se transforma en véritable ouragan. Les indigènes étaient rares dans ce pays austère et personne ne connaissait l'existence de trois captifs anglais. Les hommes commencèrent à se décourager, surtout que l'eau manquait cruellement. La nuit, on apercevait des points lumineux, les yeux des aguaras, les loups rouges de la Pampa. Affamés, ils s'approchaient de plus en plus près du campement. Même le feu ne leur faisait plus peur. Les hommes assiégés se mirent à tirer de leurs fusils mais les bêtes étaient bien trop nombreuses. Comment les repousser ? Glenarvan et le guide indien décidèrent de partir à cheval en attirant la rage des loups sur eux. Mais c'est le courageux Robert qui se sacrifia en sautant sur le cheval de Thalcave, pour galoper à toute allure. Les loups rouges se lancèrent à sa poursuite.

« Robert ! Le malheureux ! s'écria Glenarvan terrifié. Qu'as-tu fait ? »

Dès l'aube, les aventuriers partirent à la recherche de Robert. Thalcave répétait avec espoir :

« Thaouka, bon cheval ! Enfant brave ! Il se sauvera ! »

Le guide indien avait raison ! Robert fut retrouvé sain et sauf. Il échappa aux loups grâce à l'incroyable endurance du cheval Thaouka. La troupe reprit sa traversée vers l'océan Atlantique. Parsemée de rivières et d'étangs, la plaine devint très humide. Une pluie tropicale trempa les cavaliers qui avançaient péniblement. Soudain, une vague monstrueuse déferla sur la plaine. Les eaux du rio Colorado et du rio Negro inondèrent tout sur leur passage. Hommes et bêtes, tout disparut dans un tourbillon d'écume. Lorsque la vague fut passée, les hommes revinrent à la surface, mais les chevaux, à l'exception de Thaouka, n'étaient plus là. Il fallait trouver un abri à tout prix.

« Je vois un arbre là-bas ! » hurla le major Mac Nabbs.

Une sorte de noyer gigantesque s'élevait, solitaire, au milieu des eaux. Il était si immense qu'il put offrir aux naufragés refuge et nourriture, en attendant la décrue. Comme ils avaient du temps, Paganel reprit l'étude des fragments du message du capitaine Grant. Il s'écria brusquement, à la surprise générale, et en manquant de tomber dans l'eau :

« Le capitaine Grant n'a jamais été en Patagonie ! Le mot austral n'est pas complet. Le capitaine parle de l'Australie ! Et les lettres “indi”... signifient “indigènes” et non pas “Indiens” ! »

Cependant, les voyageurs n'eurent pas vraiment le temps d'en débattre : un orage éclata et l'arbre prit feu ! Ils ne purent pas non plus sauter dans l'eau car elle était infestée de caïmans !

« Il se pourrait bien que ce fût la fin de la fin », dit le major Mac Nabbs d'une voix calme.

Soudain, secoué par tous les éléments déchaînés, l'arbre tomba dans l'eau, emportant avec lui les voyageurs impuissants. Tel un canot, il les emmena bien loin, vers l'Océan. Là, les sept voyageurs firent leurs adieux au valeureux guide patagon qui retrouva son fidèle cheval. Après toutes ces rudes épreuves, ils regagnèrent le *Duncan* qui les attendait, mais sans le capitaine Grant.

Cependant, il leur fallait tenter une nouvelle chance, aussi infime fût-elle.

« Le 37e parallèle traverse le sud de l'Australie, du cap Bernouilli jusqu'à la baie Twofold, annonça Jacques Paganel. C'est là que nous devons nous rendre ! »

Le *Duncan* navigua vers l'Australie et les recherches continuèrent en suivant les côtes. Pourtant, aucun gouverneur, marin ou baleinier ne connaissait l'existence du capitaine Grant. En plus, le *Duncan* dut affronter une tempête épouvantable. Des vagues monstrueuses déferlaient à une hauteur prodigieuse. Enfin, grâce au capitaine Mangles, le *Duncan* accosta dans une crique avec seulement quelques avaries. On décida alors que Tom Austin, avec quelques marins, emmènerait le bateau au port de Melbourne pour le réparer, pendant que le reste de l'équipe ferait la traversée à pied jusqu'à la baie de Twofold. Les voyageurs débarquèrent sur un rivage désert. Un peu plus loin, ils tombèrent sur un moulin qui appartenait à un robuste fermier. Celui-ci les accueillit chaleureusement. Et quelle ne fut leur surprise lorsqu'ils apprirent que l'un des travailleurs du fermier avait fait partie de l'équipage du capitaine Grant ! Il s'appelait Tom Ayrton. Tombé à la mer juste avant le naufrage, il se croyait le seul survivant du *Britannia* sur cette terre australienne. On prépara une nouvelle expédition, avec plusieurs chevaux et un grand chariot, et Tom Ayrton devait leur servir de guide. Peu après leur départ, des incidents étranges se produisirent : la mort de quelques chevaux, un accident de chariot qui resta embourbé… En plus, le fleuve Snowy qui débordait était infranchissable. Les voyageurs se retrouvèrent coincés. C'est alors que Tom Ayrton leur conseilla d'envoyer un messager au *Duncan* avec une lettre ordonnant aux marins d'accoster dans la baie de Twofold pour leur porter secours. Paganel rédigea la lettre, signée par Glenarvan.

« Je porterai moi-même la lettre car je connais ce pays. Vous n'aurez qu'à attendre les secours ici », annonça Tom Ayrton.

C'est alors que le major Mac Nabbs se leva pour faire de terribles révélations…

« Ici, on appelle cet homme Ben Joyce et c'est un bandit. Je l'ai suivi la nuit dernière lorsqu'il a contacté les autres malfrats. C'est vrai qu'il a fait partie de l'équipage du capitaine Grant mais, durant son séjour en Australie, il est devenu un criminel recherché par les autorités. Je voulais comprendre pourquoi il avait manigancé toute cette expédition, tué des chevaux et saboté le chariot. Je comprends mieux à présent : c'est pour pouvoir s'emparer du *Duncan* ! »

Sans attendre, Ayrton sortit son revolver, puis s'enfuit avec la lettre. Aussitôt, des coups de fusil retentirent. Tout le monde s'abrita dans le chariot. Une fusillade éclata contre les bandits mais ces derniers disparurent dans les bois. La découverte de la trahison d'Ayrton détruisit tout espoir. Le bandit, pour entraîner Glenarvan, avait inventé le naufrage du *Britannia* en Australie. Où devaient-ils chercher le capitaine Grant maintenant ? Découragée, la troupe réussit à traverser les eaux tumultueuses du fleuve Snowy sur un radeau. Puis, ils se remirent en marche à travers des plaines sablonneuses. Lady Helena et Mary suivirent les hommes sans jamais se plaindre. Pourtant, elles avaient des vêtements en lambeaux et les jambes en sang. Enfin, ils atteignirent la baie de Twofold. Évidemment, le *Duncan* n'y était pas. Devint–il un bateau pirate avec Ayrton comme capitaine ? Soudain, Paganel suggéra de louer un bateau pour se rendre à Auckland, en Nouvelle-Zélande. Il avait une idée derrière la tête mais ne voulait pas en parler. Après avoir affronté une nouvelle tempête, les aventuriers accostèrent sur la côte zélandaise, sur un bateau complètement détruit. Sans armes, ils reprirent leur marche vers Auckland, à travers ce pays sauvage. Ils avançaient le long de la rivière Waipa quand un long canot apparut : des Maoris ! Les indigènes capturèrent tout le monde sans difficulté. Ils emmenèrent les prisonniers devant leur chef, Kai-Koumou. Arrivés dans le village, une bagarre éclata : un guerrier maori, nommé Kara-Tété, voulut garder lady Helena comme esclave. Glenarvan le tua d'un coup de revolver.

C'est lady Helena qui avait caché le revolver dans ses jupes. Mais ce n'était pas assez pour combattre les Maoris, assoiffés de vengeance. Les prisonniers furent enfermés, le temps des funérailles. Ils attendaient la mort. Seuls Robert et Paganel réussirent à s'enfuir en profitant de la confusion générale. La nuit, Mary entendit un bruit bizarre. C'était Robert ! Il avait trouvé un couteau et une corde, puis il fabriqua une échelle pour leur permettre de s'échapper du côté d'une paroi vertigineuse qui n'était pas gardée. Ils réussirent à se réfugier dans le seul endroit que les indigènes ne pouvaient profaner : le tombeau du guerrier maori ! Entouré d'une palissade, il se trouvait au sommet d'une montagne. Le cœur de Glenarvan faillit s'arrêter lorsqu'il entendit une voix venant de la tombe.

« Venez me rejoindre ! Il y a plein d'offrandes ici ! De quoi se nourrir pendant longtemps ! »

C'était Paganel ! Le savant s'aperçut que la montagne où ils étaient cachés était volcanique. Il eut alors une idée audacieuse pour quitter le pays des Maoris : creuser un cratère artificiel en provoquant une éruption. Très superstitieux, les indigènes ne viendraient pas ici pendant longtemps. Le plan réussit et des coulées de lave effrayèrent les Maoris. Les courageux voyageurs purent enfin s'enfuir. La traversée d'immenses forêts de kauris fut exténuante. Puis, il fallut avancer, la hache à la main, pour lutter contre des lianes étouffantes. Ils n'étaient plus très loin de la côte quand d'autres indigènes les attaquèrent. Au dernier moment, ils trouvèrent une pirogue qui leur permit d'échapper aux sauvages et d'atteindre l'Océan. Quelle ne fut pas leur joie lorsqu'ils virent à la longue-vue leur navire, le *Duncan* ! Ils s'étaient tous enfin retrouvés ! Les aventuriers, tels des spectres, portaient tous la marque d'horribles souffrances. Avoir retrouvé leur yacht leur apporta un grand réconfort. Mais, au fait, que faisait-il au large de la Nouvelle-Zélande ? N'était–il pas entre les mains des bandits ? Le brave marin, Tom Austin, montra alors la lettre apportée par Ayrton et écrite par Paganel :

Ordre à Tom Austin de prendre la mer sans retard et de conduire le Duncan par 37 degrés de latitude à la côte orientale de la Nouvelle-Zélande...

« Mais quel étourdi je suis ! s'écria Paganel. J'ai écrit "Nouvelle-Zélande" à la place d'"Australie" ! C'est parce que j'avais tout le temps en tête le mot "aland", comme "New Zealand" du document anglais du capitaine Grant… C'est tout de même un très heureux malentendu ! Mais, au fait, où est Ayrton ?

– Enfermé dans sa cabine, répondit Tom Austin tranquillement. Lorsqu'il a compris que le *Duncan* s'éloignait de l'Australie, il est devenu fou. J'ai deviné alors que c'était un imposteur. »

Lord Glenarvan interrogea Ayrton mais, en réalité, celui-ci ne savait rien sur le sort du *Britannia* : le capitaine Grant avait débarqué le marin en Australie, avant même d'atteindre le port de Callao, car ce dernier avait fomenté une révolte pour s'emparer du navire. Glenarvan décida de ne pas remettre Ayrton à la police où il serait pendu, mais de le laisser sur une île déserte du Pacifique. Paganel et John Mangles consultèrent les cartes. Précisément sur le 37e parallèle figurait un îlot isolé, connu sous le nom de Maria-Theresa. En s'approchant de l'île, Mary et Robert eurent la même vision, une hallucination sans doute. Ils crurent entendre la voix de leur père ! Et ils avaient raison ! Le capitaine Grant se tenait sur la côte, entre deux autres hommes, en faisant de grands gestes. Comment décrire cette scène ? Les mots n'y suffiraient pas. Tout l'équipage pleurait en voyant ces trois êtres se serrer dans les bras. Lorsque les esprits se calmèrent, Paganel, en bon scientifique, sortit le message en français du capitaine Grant. Il n'y était pas question de l'île Maria-Theresa…

« Si ! expliqua le capitaine Grant. Elle s'appelle l'île Tabor sur les cartes françaises ! Voici ce que j'avais écrit exactement : *Le 27 juin 1862, le trois-mâts Britannia, de Glasgow, a sombré à quinze cents lieues de la Patagonie, dans l'hémisphère austral. Portés à terre, deux matelots et le capitaine Grant ont atteint l'île Tabor. Là, continuellement en proie à une cruelle indigence, ils ont jeté ce document par 153° de longitude et 37°11' de latitude. Venez à leur secours ou ils sont perdus.* »

Cinq semaines en ballon

Il y avait une grande affluence d'auditeurs, le 14 janvier 1862, à la séance de la Société royale de géographie de Londres. Des voyageurs intrépides, des savants passionnés et des explorateurs de terres inconnues, tous vinrent applaudir l'audace du docteur Samuel Fergusson. Celui-ci leur présenta, avec un calme étonnant, son projet extrêmement courageux de traverser en ballon toute l'Afrique, de l'est à l'ouest. Il serait accompagné par son ami le plus fidèle, Dick Kennedy – un Écossais doté d'une force herculéenne et un chasseur redoutable – ainsi que de son domestique, Joe, qui manifestait à l'égard de son maître un dévouement sans bornes. Quant au ballon, appelé aussi « aérostat », tout avait été étudié avec une précision scientifique sans précédent. Il devait être gonflé avec du gaz hydrogène qui est quatorze fois et demie plus léger que l'air et dont la production était facile. L'aérostat fut fabriqué dans un taffetas très solide et enduit d'une substance imperméable. Et pour pallier une éventuelle déchirure, qui serait fatale aux voyageurs, un second ballon fut inséré dans le premier. Parfaitement conçue, la nacelle en osier devait contenir un appareil ingénieux produisant le gaz hydrogène, une pile électrique de Bunsen et de nombreux instruments de mesure : baromètres, thermomètres, boussoles, sextant, chronomètres… Une ancre en fer et une échelle de soie complétaient la panoplie, sans oublier l'eau et la nourriture, soigneusement pesées pour ne pas alourdir l'aérostat. Baptisé *Victoria*, le ballon, avec ses trois aventuriers à bord, s'envola le 18 avril depuis l'île de Zanzibar, en Afrique de l'est, accompagnés de vociférations sauvages des indigènes.

Les guerriers se mirent à tirer des flèches et les sorciers lançaient aux voyageurs des malédictions. L'aérostat était pour eux un sacrilège qui offensait les astres qu'ils vénéraient, la Lune et le Soleil. Heureusement, le ballon prit vite de la hauteur et bientôt les peuplades africaines apparurent comme de petits insectes en colère. Quel magnifique spectacle se déroulait sous les yeux des voyageurs ! La végétation y était luxuriante et grouillait d'animaux sauvages. Mais, très vite, le paysage changea. Les villages avec leurs huttes se firent rares. On apercevait les premières montagnes, puis des savanes sans fin, dominées par de majestueux baobabs. Peu de temps après, le temps changea. Le ciel se couvrit d'épais nuages. Le ballon survolait à présent le triste pays de Zungomero où il pleuvait continuellement. D'ailleurs, une averse violente ne tarda pas à assaillir les voyageurs. Samuel Fergusson cherchait un courant pour les porter un peu plus au nord-est. Soudain, ils aperçurent avec effroi les pics aigus d'une montagne, qui semblaient surgir de nulle part. Il fallait les éviter sous peine de collision. Le docteur manœuvrait son ballon sous des trombes d'eau avec une grande dextérité. Enfin, la pluie s'arrêta. En bas, des forêts tropicales couvraient la terre de sycomores, de tamarins, de calebassiers et de palmiers. Les aventuriers s'approchaient du Rubeho, le « Pays des vents ». Le Soleil brillait au zénith et ses rayons tombaient d'aplomb sur des cimes désertes. En géographe pointilleux, Fergusson dessina un croquis exact des montagnes, tandis que Dick et Joe jetèrent l'ancre sur un immense sycomore pour descendre à terre chasser quelques antilopes.

« N'allez pas vous envoler sans nous, mon maître ! s'écria Joe.

– Sois tranquille, mon garçon ! Je vais mettre mes notes en ordre. Bonne chasse et soyez prudents. D'ailleurs, de mon poste, j'observerai le pays, et, à la moindre chose suspecte, je tirerai un coup de carabine. »

En effet, la chasse fut bonne car la forêt regorgeait d'animaux. Tout à coup, Dick et Joe entendirent un coup de carabine. Ils coururent à toutes jambes vers le *Victoria*. De loin, ils aperçurent une trentaine d'individus qui se pressaient en gesticulant et en hurlant au pied du sycomore. Quelques-uns grimpèrent dans l'arbre. Le danger semblait imminent.

« Mon maître est perdu », balbutia Joe.

Heureusement pour le pauvre docteur, ce n'était qu'un troupeau de singes, certes farouches, mais pas vraiment menaçants. Quelques coups de fusil eurent facilement raison de cette horde grimaçante. Le ballon put partir et planait à présent au-dessus du bassin de Kanyemé : un vaste territoire avec ses villages perdus au milieu des baobabs. La nuit fut froide et, avec les ténèbres éclata un concert nocturne d'animaux, qui mêlait les voix stridentes de grenouilles et les glapissements des chacals aux rugissements des lions. Le lendemain, le *Victoria* survola le pays pierreux de Mabunguru où de nombreux ossements de buffles et d'éléphants blanchissaient çà et là. Les vents furent favorables et, très vite, les aventuriers s'approchèrent de la ville de Kazeh, avec ses nombreuses cases et son marché où régnait une perpétuelle agitation. C'était le rendez-vous des caravanes. Tout à coup, le brouhaha du marché s'arrêta net. La foule ahurie aperçut le ballon. Un sorcier prit la parole en désignant le *Victoria* avec vénération. De toute évidence, le ballon fut pris pour la déesse Lune en personne et ses trois voyageurs, pour ses fils. On supplia aussitôt les divins visiteurs de venir secourir le sultan de Kazeh qui semblait gravement malade. Le docteur Fergusson proposa son aide, puis descendit à terre pour se rendre au palais du sultan. Là, il découvrit à sa grande surprise que le sultan était tout simplement ivre mort. Hélas, il était trop tard pour secourir l'ivrogne. Il ne restait au docteur qu'à déguerpir au plus vite, surtout que la vraie Lune se levait doucement. Les voyageurs réussirent à se sauver au tout dernier moment.

Mais la rage des habitants de Kazeh n'était rien comparée à celle du ciel ! Peu de temps après, l'aérostat dut affronter des orages tropicaux d'une grande violence, alors qu'il était rempli d'hydrogène inflammable et explosif ! Le ballon tourbillonnait à donner le vertige. Le vent l'entraîna dans l'ouest, jusqu'aux montagnes de la Lune qui s'étendaient autour du lac Tanganayika, puis le ballon dériva jusqu'aux sources du Nil, un lieu mythique pour chaque géographe. Et lorsqu'il survola un volcan en activité, les aventuriers purent admirer, à une bonne distance, un spectacle magnifique et terrifiant en même temps. Quelques jours plus tard, le ballon se posa dans une région rocheuse car il fallait remplir les réserves d'eau. Les blocs de roche sur lesquels ils marchaient brillaient d'un étrange éclat.

« C'est une mine d'or à ciel ouvert », annonça tranquillement le docteur Fergusson.

Joe n'en revenait pas : un tel trésor juste sous ses pieds ! Le cœur gros, il dut dire adieu à cette incroyable richesse, bien trop lourde à transporter dans un aérostat. Fergusson, lui, aurait donné tout l'or de l'Afrique pour trouver un peu d'eau sur ces terrains arides. Le désert remplaça la jungle et ils ne voyaient plus aucun village à l'horizon. Bientôt, une immensité de sable s'empara de cette région désolée. Le *Victoria* n'avançait plus. En dix jours à peine, Fergusson, Dick et Joe avaient effectué la moitié du voyage, mais à présent, sans la moindre brise, il leur faudrait des mois pour le terminer. Ils n'avaient presque plus d'eau et des mirages, phénomènes fréquents dans le désert, commencèrent à apparaître devant ces voyageurs épuisés.

« Je vois des palmiers ! s'écria soudain Dick Kennedy. C'est un puits !

– Nous sommes sauvés ! » dit Joe.

Les aventuriers descendirent du ballon, puis marchèrent à bout de forces. Mais le puits était sec et les arbres chétifs étaient plus morts que vivants. Des ossements blanchis et des squelettes parsemaient le sol. Le cœur du docteur se serra.

Ils avaient besoin d'eau pour eux mais aussi pour fabriquer l'hydrogène. Sans hydrogène, ni vent, le ballon ne pouvait pas s'envoler. Quelques heures plus tard, le chalumeau s'éteignit pour de bon. La nacelle se posa sur le sable définitivement. Même Dick Kennedy, pourtant si solide, devenait fou à cause de la soif et de la chaleur. Soudain, la plaine de sable s'agita, telle une mer en furie. Une immense colonne venait vers eux en tournoyant avec une extrême rapidité.

« Une tempête de sable ! souffla le docteur, la gorge sèche. Jetez tout le lest que vous pouvez ! »

Avec le vent, le ballon se souleva mais il fallait à tout prix éviter la trombe qui aurait pulvérisé l'aérostat comme un vulgaire jouet. Le ballon tourbillonnait au gré de la tempête, puis, tout redevint calme. Le *Victoria* planait désormais en direction d'une oasis ! Les explorateurs assoiffés accrochèrent le ballon, sans même faire attention aux traces tout autour de la source d'eau. Sous un palmier, un énorme lion se tenait dans une posture d'attaque. À peine eut-il aperçu les hommes qu'il bondit en rugissant atrocement. Dick eut juste le temps de tirer. Le lion tomba mort. Les trois amis purent enfin étancher leur soif, puis reprendre leur traversée avec une bonne réserve d'eau. De façon surprenante, le désert fit place aux collines verdoyantes avec des troupeaux d'éléphants, des girafes et des autruches. Des hippopotames se baignaient dans un lac. On apercevait même, plongée dans l'eau, la grosse silhouette des lamantins et des crocodiles. Plus tard, un grand fleuve apparut aux yeux des voyageurs. Le docteur reconnut le Bénoué, l'un des grands affluents du Niger. Les villages se firent de plus en plus nombreux. Pendant que le *Victoria* se dirigeait vers le mont Mendif, qui disparaissait au milieu des nuages, une troupe de gros vautours foncèrent droit sur le ballon – des gypaètes. Les aventuriers sortirent les fusils et la carabine, mais les oiseaux semblaient plus malins : ils s'élevèrent au-dessus du ballon, devenant ainsi inatteignables.

Même l'impassible docteur Fergusson devint pâle. Soudain, un déchirement strident se fit entendre.

« Nous tombons ! hurla le docteur. Dehors le lest, dehors ! Nous sommes trop lourds ! »

Toutes les provisions furent jetées. Pourtant, le ballon continuait à chuter vers l'immense lac Tchad. C'est là que Joe sauta par-dessus bord. Aussitôt, le *Victoria* reprit son ascension. Dick et Samuel poussèrent un cri, terrifiés, en regardant Joe tomber dans le lac. Plus tard, ils réussirent à accrocher leur ballon abîmé.

« Joe est un bon nageur, dit alors Dick Kennedy. Mais les caïmans sont nombreux dans les parages...

– Nous ferons tout au monde pour le retrouver, assura le docteur Fergusson. Mais d'abord, débarrassons notre ballon de son enveloppe extérieure. Elle ne sert à rien désormais. »

Dès l'aube, l'aérostat fut réparé et l'ancre détachée. En survolant les rives du lac, Dick Kennedy et le docteur Fergusson se mirent à scruter tous les taillis et buissons. Rien. La nuit, un vent violent se mit à souffler. Le *Victoria* se trouvait alors au milieu des roseaux qui menaçaient de déchirer sa dernière enveloppe à tout moment. Il leur fallait partir sans Joe.

« Je ne l'abandonnerai jamais ! jura le docteur. Nous reviendrons le chercher ! »

Le *Victoria* traversa le pays des Tibbous, au nord du lac Tchad, puis partit à la dérive, à la merci de vents violents. Mais qu'était-il arrivé à Joe pendant ce temps-là ? Trouva-t-il la mort dans les eaux du lac ? Le courageux jeune homme échappa de peu aux mâchoires puissantes d'un crocodile pour être sorti des flots par les bras costauds de deux indigènes. Il se retrouva emprisonné dans un village situé sur un petit îlot. Cependant, sa captivité ne dura pas longtemps. Les eaux du lac montèrent, comme souvent, et l'inondation permit au brave Joe de s'échapper. Mais comment allait-il retrouver ses compagnons ?

De leur côté, le docteur Fergusson et Dick ne perdaient pas espoir en observant la terre au-dessous d'eux. Le temps redevint stable et le ballon avançait tant bien que mal. Le chasseur s'écria brusquement :

« Je vois un groupe de cavaliers arabes lancés à toute vitesse. Ils sont une cinquantaine. Mais celui qui galope devant n'est pas leur chef, plutôt un fugitif. C'est une chasse à l'homme !

– C'est Joe ! » hurla le docteur en pâlissant.

Dick attrapa sa carabine, puis tira sur le cavalier qui allait percer Joe de sa lance. Il fallait vite approcher la nacelle le plus près possible de Joe, sans se faire tuer par les cavaliers furieux. Quelle manœuvre périlleuse ! Par chance, Fergusson maîtrisait son ballon mieux que quiconque. Joe aperçut l'échelle qui se déployait au-dessus de sa tête, en croyant rêver. Il grimpa dans la nacelle avec une agilité étonnante. Les cavaliers, eux, poussèrent un cri de surprise et de rage. Lorsque les trois aventuriers furent hors de danger, Joe raconta comment il avait volé un cheval, avant d'être pourchassé par ces cavaliers farouches.

Réunis à nouveau, ils survolaient à présent des crêtes dangereuses en les touchant presque. Il leur fallut encore jeter une foule d'objets sous peine de s'écraser. Ainsi, la nacelle fut complètement vidée de tous les instruments, mais le ballon continuait à s'épuiser. En plus, une bande de Talibas, une tribu arabe particulièrement féroce, se mit à leur poursuite en brandissant leurs armes. Les aventuriers vulnérables étaient déjà à leur portée, lorsque le docteur ordonna de détacher la nacelle et de s'accrocher directement aux cordes.

« Nous devons traverser les chutes de Gouina qui sont juste devant nous, sinon nous sommes morts ! »

De l'autre côté des chutes, une dizaine de soldats français observaient les efforts inouïs de ces trois hommes accrochés à un ballon tout dégonflé. Ces intrépides voyageurs achevèrent leur traversée au Sénégal, le 24 mai, soit cinq semaines après leur départ.

Voyage au centre de la Terre

Mon oncle, le professeur Otto Lidenbrock, était un original. Illustre géologue et minéralogiste, il donnait des cours à Hambourg, en Allemagne, pendant lesquels il piquait régulièrement des colères devant ses étudiants médusés. Il ne vivait que pour la science. Son atelier, où je le secondais en tant qu'assistant, était rempli d'échantillons de minéraux du monde entier. Un jour de mai 1863, je le trouvai en train de dévorer un vieux manuscrit islandais, lorsqu'un parchemin crasseux tomba du livre. Il contenait des signes bizarres, formant une sorte de cryptogramme. D'où venait-il ? La réponse ne se trouvait-elle pas dans le livre ?

« Arne Saknussemm ! s'écria soudain le professeur. Son nom est inscrit au début du manuscrit, en tout petit ! C'est un célèbre alchimiste du XVIe siècle. »

Ce message codé commença à obséder mon oncle. Mais ce fut moi, Axel Lidenbrock, qui résolus l'énigme, tout à fait par hasard, je l'avoue. Le texte était écrit à l'envers ! Mon oncle devint encore plus fou lorsqu'il découvrit son contenu :

Descends dans le cratère du volcan Sneffels, que l'ombre pointue du mont Scartaris vient caresser, avant le premier jour de juillet, voyageur audacieux, et tu parviendras au centre de la Terre. Ce que j'ai fait.

« Il n'y a pas une seconde à perdre ! s'écria le professeur Lidenbrock. Nous partons pour l'Islande immédiatement ! »

Et c'est ainsi que, malgré mille inquiétudes, je suivis mon oncle jusqu'à l'Islande, cette terre inhospitalière où les glaciers côtoient des fumerolles. Je me retrouvai en train de gravir le volcan Sneffels, éteint fort heureusement, avec mon oncle prêt à tout pour la science et un guide islandais, chasseur d'eiders nommé Hans, qui ne parlait jamais.

L'ascension fut fatigante mais nous étions sûrs d'être sur la bonne voie : au sommet du volcan, éclairé par le Soleil de minuit, mon oncle découvrit le nom de l'alchimiste islandais gravé sur un bloc de granit et à moitié effacé par le temps. Il nous fallut alors attendre que l'ombre du mont Scartaris nous indiquât l'entrée exacte, comme sur un cadran solaire géant. Nous étions le 28 juin lorsque le professeur Lidenbrock s'écria triomphalement :

« C'est là ! Allez, en route vers le centre du globe ! »

La cheminée du cratère paraissait insondable et c'est avec une boule au ventre que je m'y engouffrai. Notre guide, Hans, semblait insouciant du danger. On descendait au moyen d'une longue corde qu'on enroulait sur des blocs de lave saillants. Après plusieurs heures exténuantes, nous arrivâmes devant une sorte de couloir. Plus enthousiaste que jamais, mon oncle sortit son ingénieux appareil de Ruhmkorff, un petit générateur d'électricité, qui nous permit d'éclairer notre route. Dans ce monde souterrain qui pouvait être rempli de gaz inflammables, c'était beaucoup moins dangereux qu'une torche allumée ! Soudain, nous nous retrouvâmes dans une caverne où l'air ne manquait pas et la température était de 15 °C. Deux routes s'offraient à nous. Laquelle prendre ? Mon oncle choisit celle de l'est. Je frémis à la pensée de m'égarer dans les profondeurs de ce labyrinthe. Et s'il s'était trompé ? Si l'eau commençait à nous manquer ? Parfois, le tunnel devenait très étroit, ses parois étaient noires, comme dans une mine de charbon. Après une marche interminable, un mur nous barra la route. C'était une impasse ! Le retour vers la caverne s'annonçait épouvantable car nous n'avions presque plus d'eau. La fatigue me paralysait. Enfin, le 8 juillet, nous arrivâmes à demi morts, en nous traînant sur les genoux, au carrefour des deux routes.

« Mon pauvre neveu ! chuchota mon oncle, si exigeant d'habitude, en m'offrant les dernières gouttes d'eau de sa gourde. Tiens encore un jour, je t'en prie ! Si nous ne trouvons pas d'eau, nous reviendrons à la surface ! »

Nous nous engageâmes dans le second tunnel, torturés par la soif. Un silence de tombeau régnait autour de nous. Brusquement, je crus entendre un bruit. Du délire, sans doute. J'aperçus Hans qui avançait, la lampe à la main. Lorsqu'il revint vers nous, il dit un seul mot :

« Vatten »

On n'avait pas besoin de parler l'islandais pour comprendre que notre guide avait trouvé une source d'eau. On suivit Hans, notre sauveur ! Il s'arrêta pour donner des coups de pioche dans une roche de granit. On travailla ainsi durant plus d'une heure, quand, soudain, un jet d'eau jaillit de la paroi ! Le professeur Lidenbrock rayonnait : il pouvait reprendre l'exploration des entrailles de la Terre ! Régulièrement, il consultait sa boussole, tandis que moi, je notais toutes les observations dans mon carnet. Hans, lui, portait notre matériel et nos provisions avec un parfait dévouement. On décida de suivre désormais le ruisseau d'eau qui descendait. Ainsi, après plusieurs jours de marche, sous nos pieds s'ouvrit un puits assez effrayant. Nous reprîmes nos cordes, puis nous commençâmes à descendre dans une faille étroite.

« Si mes calculs sont exacts, dit mon oncle tout fier, nous ne sommes plus sous l'Islande. C'est la mer qui s'étend au-dessus de nos têtes ! »

Durant plusieurs jours, nous traversâmes des cavernes spectaculaires et des tunnels vertigineux. Hans nous sauva la vie maintes fois avec son sang-froid infaillible. Un jour, je m'aperçus avec effroi que j'étais tout seul. Je regardai. Personne. J'appelai. Pas de réponse. Ma voix se perdit au milieu des échos qu'elle éveilla soudain. Je me mis à courir comme un fou quand ma lampe se cassa. J'étais plongé dans les ténèbres. Après plusieurs heures d'angoisse, mon oreille collée à la roche saisit un son lointain. C'était mon oncle qui m'appelait et sa voix suivait les parois rocheuses. J'étais sauvé ! Je suivis la voix de mon oncle, puis je le retrouvai avec Hans dans une gigantesque caverne, ornée de stalactites.

Le sol était couvert de sable et une lumière étrange y régnait. J'entendis aussi le bruit du vent. La mer ! En effet, une vaste nappe d'eau s'étendait au-delà des limites de la vue. Son rivage était parsemé de coquillages. On apercevait comme des nuages, des vapeurs mobiles et une lumière, d'origine électrique sans doute, qui ne ressemblait pas à celle du Soleil. Je partis avec mon oncle explorer ce monde inconnu, avec un enthousiasme tout nouveau. Soudain, mon attention fut attirée par une forêt, haute et touffue. Une forêt de champignons géants ! Plus loin poussaient des arbres incroyables au feuillage décoloré et sous nos pieds, nous découvrîmes des ossements d'animaux datant de milliers d'années peut-être. Je m'exclamais sans cesse :

« Voilà la mâchoire du mastodonte ! Et là, les molaires du dinotherium ! Ces animaux ont vécu ici, au bord de cette mer souterraine, à l'ombre de ces plantes arborescentes ! »

Hans, quant à lui, garda son sens pratique : il fabriqua un radeau pour traverser cette mer mystérieuse. Une fois sur l'eau, on apercevait parfois les ombres de poissons immenses. Ils n'avaient pas d'yeux. Sous notre radeau si fragile, un ichtyosaure et un plésiosaure, du temps des dinosaures, se battirent à mort ! À peine remis de nos émotions, un ouragan éclata. La mer se chargea d'électricité. Les grêlons étaient lumineux et les éclairs, d'une intensité inouïe. Nous nous crûmes perdus. Durant sept jours, la mer déchaînée nous emporta très loin. Tout à coup, le radeau s'écrasa sur des écueils. Je me noyais… Et c'est Hans, encore une fois, qui me sortit de l'abîme. Mais où étions-nous ? La boussole de mon oncle devint folle ! Le professeur Lidenbrock réagit comme tout scientifique : il partit explorer les environs. Nous trouvâmes d'autres ossements et, parmi eux… un crâne qui semblait humain ! Quelques hommes erraient-ils encore dans ce monde souterrain ? On s'enfonça dans une jungle très dense, même si les couleurs lui manquaient.

Soudain, mon oncle me saisit le bras. Un troupeau d'éléphants gigantesques venait vers nous ! En fuyant, paniqués, nous crûmes apercevoir quelque chose de plus étrange encore : un être humain de taille impressionnante... Avions-nous rêvé ? En arrivant vers notre base, une autre découverte nous bouleversa : les initiales d'Arne Saknussemm, gravées juste à côté d'un gouffre où la mer se déversait avec force. Notre exploration reprit sur un radeau réparé par Hans. Le 27 août, le torrent nous emporta dans une descente vertigineuse. Il devenait de plus en plus puissant, faisant tournoyer notre fragile embarcation. Malgré les efforts de Hans, nos provisions et nos instruments de mesure furent engloutis par l'eau. Les lanternes ne fonctionnaient plus et l'obscurité nous envahit. La vitesse de notre course redoubla encore. Nous tombions véritablement, accrochés au mât, tels des naufragés pris dans un tourbillon. Soudain, une trombe d'eau nous projeta vers le haut, comme une fontaine monumentale. En même temps, la température devint suffocante.

« Observez ces murailles qui s'agitent, dit mon oncle fébrile, cette chaleur torride, cette eau qui bouillonne, cette boussole désorientée... Nous sommes pris dans une éruption !

– Si nous ne sommes pas noyés ou brisés, si nous ne mourons pas de faim, il nous reste toujours la chance d'être brûlés vifs, dis-je résigné.

– Courage, mon neveu ! Ce volcan est notre dernière chance d'être rejetés à la surface ! »

Mon oncle avait raison : notre misérable radeau, complètement disloqué, fut projeté avec l'eau bouillonnante sur les flancs du volcan ! Brûlés, couverts de haillons, mais vivants, nous sentîmes tout à coup la chaleur du Soleil. Où étions-nous ? Un petit berger s'affola à notre vue. Il prononça juste un mot avant de déguerpir : « Stromboli », l'île italienne au nord de la Sicile ! Quel merveilleux voyage ! Entrés par un volcan, nous étions sortis par un autre. Après plusieurs semaines passées dans les profondeurs de la Terre, nous rentrâmes chez nous, couverts de gloire par les scientifiques du monde entier !

Michel Strogoff

La fête au Palais-Neuf du Kremlin, au cœur de Moscou, battait son plein. Mais ce soir-là, le tzar ne dansa pas. Il était inquiet. Les Tartares avaient envahi les steppes de Sibérie et menaçaient de conquérir tout l'empire russe en Asie. Un traître russe, le colonel Ivan Ogareff, aidait les Tartares et manigançait contre le tzar. Ogareff avait l'intention de se présenter, sous un faux nom, devant le frère du tzar, le grand-duc, qui gouvernait la lointaine région d'Irkoutsk, en Sibérie. Il voulait gagner la confiance du grand-duc, puis livrer la ville et le frère du tzar aux ennemis. À cause de l'insurrection, toutes les communications télégraphiques entre Moscou et Irkoutsk étaient rompues et il était impossible de prévenir le grand-duc du danger. Le tzar devait à tout prix envoyer un messager intelligent et valeureux, qui serait capable de parcourir plus de 5 500 km jusqu'à Irkoutsk, à travers des régions grouillant de soldats tartares. Cet homme s'appelait Michel Strogoff. C'était un jeune officier au service du tzar. Son père, un chasseur sibérien, lui avait appris à supporter le froid, la chaleur, la faim, la soif et la fatigue. Il était mort depuis plusieurs années, Michel n'avait plus que sa mère, Marfa, qu'il chérissait plus que tout au monde et qui vivait toujours en Sibérie.

« Voici une lettre, dit le tzar à Michel Strogoff, que je te charge de remettre en mains propres au grand-duc. Tu dois voyager incognito et personne ne doit être au courant de ta mission, pas même ta mère. Le salut de toute la Russie et la vie de mon frère en dépendent… »

Pour passer inaperçu, Michel s'habilla comme un simple marchand, puis voyagea sous le nom de Nicolas Korpanoff. Le 16 juillet, il prit le train pour Nijni-Novgorod. Une jeune fille était assise juste en face de lui. Elle n'avait pas l'air riche mais ses habits, bien que modestes, étaient très convenables. Elle s'apprêtait à aller à Irkoutsk toute seule, ce qui était très courageux.

Arrivé à destination, Michel dut attendre le lendemain pour embarquer sur le bateau à vapeur partant pour la ville de Perm. En attendant, il se rendit à la grande foire de Nijni-Novgorod. Au milieu de la foule, un chef de police déclara que, suite aux invasions tartares, aucun sujet russe ne pouvait désormais quitter la province. Heureusement, Michel possédait un laisser-passer, le *podaroshna*, libellé au nom de Nicolas Korpanoff, qui l'autorisait à quitter le territoire russe, même accompagné. La jeune femme du train, elle, était coincée là, désespérée. Michel Strogoff décida alors de l'aider. En plus, voyager avec une femme pourrait lui servir d'excellente couverture pour que personne ne découvrît sa véritable mission.

« Ma sœur, dit Michel à la jeune femme lors du contrôle au poste de police, grâce à mon laisser-passer, nous sommes autorisés à continuer notre voyage jusqu'à Irkoutsk. Viens-tu ?

– Je te suis… mon frère », répondit-elle, en cachant sa surprise.

Ensemble, ils montèrent à bord du *Caucase*, le bateau à vapeur qui naviguait sur le Volga. Ils ne parlèrent guère, sachant que la police russe, et sans doute des espions tartares, surveillaient tous les passagers. Parmi les tsiganes, Michel repéra un homme et une femme, qui discutaient dans un idiome tartare qu'il comprenait bien :

« On dit qu'un courrier du tzar est parti de Moscou pour Irkoutsk avec un message pour le grand-duc, chuchota la femme.

– On le dit, Sangarre, répondit l'homme. Mais ce courrier arrivera trop tard ou il n'y arrivera pas du tout ! »

Michel tressaillit mais ne fit rien. Il tenta de rester le plus discret possible. Par chance, le couple rejoignit les autres tsiganes, sans lui prêter attention.

« Je te remercie pour ton aide, dit soudain la jeune femme du train. Je m'appelle Nadia Fedor. Je suis la fille d'un exilé. Ma mère est morte à Riga, il y a un mois à peine, et je vais à Irkoutsk rejoindre mon père pour partager son exil.

– Tu peux compter sur ton frère, Nicolas Korpanoff, dit Michel. Je te remettrai entre les mains de ton père, saine et sauve. Je te le promets. »

Nadia parla de son père, Wassili Fédor, qui était médecin à Riga. Comme il appartenait à une société étrangère secrète, il fut emprisonné, puis envoyé en exil à Irkoutsk. Nadia obtint du gouvernement russe l'autorisation de le rejoindre mais elle ignorait que les territoires qu'elle devait traverser étaient envahis par les Tartares. La traversée du Volga continua sans encombre et le *Caucase* s'arrêta au débarcadère de Perm. D'ici, il fallait utiliser les relais de poste et leurs chevaux robustes pour traverser les montagnes de l'Oural. Michel loua un tarantass, un véhicule tiré par trois chevaux, comme la troïka. Peu après leur départ, un orage éclata et un vent violent abattit plusieurs arbres. Les chevaux étaient épouvantés par les éclairs et par les avalanches de troncs et de pierres. Michel les détacha et tenta de les calmer. Nadia, elle, prit les rares affaires qu'ils transportaient, puis se réfugia dans une caverne. Mais elle n'y était pas seule : un ours de grande taille apparut juste devant elle, en la menaçant debout sur ses pattes arrière. La courageuse Nadia n'avait pas perdu la tête. Elle attrapa le revolver qui se trouvait dans le sac de Michel et tira à bout portant en blessant la bête. En entendant la détonation, Michel Strogoff se jeta entre l'ours et la jeune fille, puis l'acheva d'un geste avec son couteau de chasseur. Lorsque le calme revint, les deux jeunes gens descendirent des monts Oural pour arriver à Ekaterinbourg. Ils se trouvaient à présent en Sibérie où il fallait s'attendre à plein de dangers. Ils apprirent que les rebelles tartares, emmenés par leur chef, l'émir Féofar-Khan, gagnait du terrain et que le traître Ivan Ogareff allait bientôt les rejoindre. Michel et Nadia devaient à présent traverser les steppes sibériennes, ce vaste désert herbeux, coupé juste par une route poussiéreuse. Et c'est sur cette route qu'ils croisèrent une berline qui avançait à vive allure.

Une course effrénée commença entre les deux véhicules, chacun voulant arriver le premier au prochain relais de poste pour avoir les meilleurs chevaux. Ce fut Michel qui gagna ! Il demanda aussitôt les seuls chevaux disponibles. Mais le voyageur de la berline, un homme robuste, portant un uniforme et un sabre de cavalerie, réclama les chevaux d'une voix autoritaire. Il provoqua Michel en duel après l'avoir frappé avec son fouet. Mais le jeune homme ne pouvait se battre, car il aurait ainsi risqué de compromettre sa mission, même si son orgueil en souffrait terriblement. Il laissa les seuls chevaux du relais à l'autre. Michel et Nadia durent attendre pour que leurs chevaux se reposent, puis ils reprirent leur route. Ils arrivèrent au bord du fleuve l'Irtyche qu'ils traversèrent sur un bac avec les chevaux et leur attelage. Tout à coup, ils aperçurent plusieurs barques qui avançaient vers eux. Les Tartares ! Michel fut frappé par une lance. Il tomba dans le fleuve. Nadia poussa un cri mais avant de pouvoir sauter à l'eau, elle fut saisie et enlevée par les Tartares. Quelques temps après, un paysan trouva le courrier du tzar dans les roseaux, à moitié mort. Il le soigna, puis l'aida à trouver un bon cheval pour se rendre à Omsk, une ville qui était sur sa route et où vivait sa mère Marfa. Michel s'arrêta discrètement dans une auberge. Il savait qu'il ne pouvait pas rendre visite à sa mère pour ne pas risquer d'être reconnu. Soudain, un cri le fit tressaillir et le pénétra jusqu'au fond de son âme :

« Mon fils !

– Qui êtes-vous, ma brave dame ? demanda Michel en balbutiant. Je ne vous connais pas. »

Puis il quitta l'auberge au plus vite. La mère de Michel comprit que son fils devait accomplir une mission secrète. Elle voulut partir mais un officier tartare l'arrêta et la conduisit chez le colonel Ivan Ogareff en personne. La pauvre vieille femme ne trahit pas son fils mais fut envoyée au camp de prisonniers à Tomsk. Ogareff savait que ce courrier du tzar risquait de faire échouer son plan. Il envoya aussitôt des cavaliers tartares qui se mirent à poursuivre Michel Strogoff à travers les marais de la Baraba. Michel galopait vite mais les cavaliers tartares le suivaient de près.

Son cheval commençait à faiblir et il entendait les balles siffler près de lui. Dans un ultime effort, il sauta dans l'Orbi. Le courant du fleuve était si fort que les cavaliers tartares s'arrêtèrent sur la berge. Soudain, l'un d'eux saisit son fusil et tira. Le cheval de Michel fut englouti sous son maître mais ce dernier réussit à atteindre l'autre rive. Il était à pied, sans vivres, dans un pays ruiné par l'invasion. En pensant à Nadia et à sa mère, son cœur se serra mais il devait avant tout accomplir son devoir. Il se promit de revenir les secourir. Il se mit en marche à travers la steppe, en se cachant sous quelques arbres disséminés. Lorsqu'il aperçut d'autres Tartares, il se réfugia dans une maison qui s'avéra être un poste télégraphique. Un employé flegmatique et deux journalistes étrangers tentaient en vain d'envoyer des dépêches. Michel s'était caché pour écouter les dernières nouvelles de la guerre. Hélas, tous tombèrent entre les mains des Tartares ! Les prisonniers furent emmenés dans un immense camp dirigé par le farouche émir Féofar-Khan. Bientôt, Ivan Ogareff le rejoignit, suivi par plusieurs milliers de soldats, mais aussi par tout un convoi de prisonniers. Parmi eux se trouvaient la vieille Marfa et Nadia ! Sans rien savoir l'une de l'autre, Nadia soutenait la mère de Michel. Elles ignoraient que l'homme qu'elles aimaient toutes les deux était, lui aussi, prisonnier dans le même camp. Le courrier du tzar fit tout pour passer inaperçu mais lorsqu'il vit sa mère avec Nadia, il ne put s'empêcher de faire un geste, tout ému. Et ce petit geste n'échappa pas à la Tsigane Sangarre, l'espionne vicieuse qui accompagnait partout son maître, Ivan Ogareff, comme le jour où il était déguisé sur le bateau à vapeur traversant le Volga. Ogareff convoqua la mère de Michel, puis dit :

« Tous les jeunes prisonniers vont défiler sous tes yeux, et si tu ne désignes pas ton fils, tu recevras autant de coups de fouet qu'il sera passé d'hommes devant toi ! »

Le fouet siffla dans l'air mais avant qu'il eût frappé, une main puissante l'avait arraché de celle du soldat tartare. Ne pouvant supporter qu'on inflige de tels supplices à sa mère, Michel Strogoff avait préféré se trahir.

Ainsi, Ivan Ogareff avait réussi à attraper le courrier du tzar ! Il trouva la lettre, puis envoya le prisonnier devant l'émir Féofar-Khan lui-même pour que celui-ci décidât de la punition. L'émir prit le Koran, puis l'ouvrit au hasard, suivant la coutume tartare : c'était Dieu qui allait décider du sort de Michel Strogoff.

« Et il ne verra plus les choses de la Terre », lut Féofar-Khan.

Michel fut condamné à être aveuglé ! Un soldat attrapa un sabre chauffé à blanc, puis la lame incandescente passa devant les yeux du jeune héros. Un cri de sa mère retentit, puis Marfa tomba évanouie.

« Lis, maintenant, Michel Strogoff, s'esclaffa Ogareff, lis, et va dire à Irkoutsk que le vrai courrier du tzar, c'est Ivan Ogareff ! »

Michel était aveugle mais en vie. Nadia le rejoignit en pleurant.

« Viens ! chuchota-t-elle. Mes yeux seront tes yeux et c'est moi qui te conduirai à Irkoutsk ! »

Une nuit, alors que les Tartares relâchèrent leur surveillance, Nadia et Michel s'échappèrent, après avoir embrassé Marfa. La route fut très pénible et Nadia résistait à la fatigue avec un immense courage. Ils bravèrent mille dangers, en se cachant pour échapper aux Tartares, en marchant la main dans la main ou en avançant sur des charrettes de fortune. Enfin, le 2 octobre, ils arrivèrent au bord du lac Baïkal, non loin d'Irkoutsk. Là, ils se joignirent à un groupe de fugitifs russes qui tentaient de descendre le lac sur un radeau pour se réfugier dans la ville. L'hiver sibérien commençait et il faisait extrêmement froid. En plus, des loups affamés attaquaient le radeau et il fallait se défendre sans faire de bruit. Les fugitifs apercevaient partout des villages brulés par les envahisseurs. Brusquement, le radeau s'arrêta, bloqué par la glace. C'est alors que des tireurs tartares le prirent pour cible. Michel attrapa la main de Nadia, puis tous deux plongèrent dans l'eau glacée. Frigorifiés, ils dérivèrent sur un bloc de glace vers les lumières de la ville…

Pendant ce temps-là, le traître Ivan Ogareff se présenta avec la lettre devant le grand-duc en tant que courrier du tzar. Comme personne ne le connaissait à Irkoutsk, le frère du tzar ne se méfia pas et lui accorda toute sa confiance. Ainsi, Ivan Ogareff était libre d'étudier les fortifications de la ville pour en découvrir ses points faibles. Et c'est la porte de Bolchaïa qu'il décida d'ouvrir aux Tartares. Comme diversion, Ogareff provoqua un grand incendie dans la ville. Tous les habitants étaient paniqués. Le traître se trouvait encore dans le palais du grand-duc lorsqu'une jeune fille tomba sur lui. Ses vêtements étaient complètement trempés.

« Ivan Ogareff ! » hurla-t-elle.

Ivre de fureur, Ogareff tira un sabre de sa ceinture. Mais Michel Strogoff accourut aussitôt. Un violent combat s'engagea entre les deux hommes. Comme par miracle, Michel, pourtant aveugle, se battait vaillamment. Soudain, Ogareff s'écria :

« Mais il voit ! Il voit tout ! »

Michel lui asséna un coup fatal et le traître tomba sans vie. C'était vrai ! Michel Strogoff n'avait jamais été aveugle ! En voyant le supplice de sa mère, ses yeux s'étaient remplis de larmes qu'il retenait avec fierté. Ce sont ces larmes, libérées sous la chaleur de la lame, qui sauvèrent sa vue. Mais il préféra dès lors simuler la cécité, se disant que personne ne prêterait attention à un misérable aveugle conduit par une jeune femme. Même Nadia ne connaissait pas son secret. Le frère du tzar comprit vite la trahison d'Ivan Ogareff et Irkoutsk réussit à repousser les Tartares, grâce au courage de l'un des plus braves défenseurs de la ville Wassili Fédor, le père de Nadia ! L'armée russe eut le temps d'arriver en renfort et toute la Sibérie fut libérée. Le calme revint et Michel et Nadia se marièrent à la cathédrale d'Irkoutsk. Ils reprirent leur route avec Wassili Fédor, gracié, dans un traîneau qui glissa sur les steppes glacées de la Sibérie. À Omsk, la vieille Marfa les attendait dans sa petite maison. Lorsqu'ils furent rentrés à Moscou, le tzar remit à Michel Strogoff la croix de Saint-Georges en l'honneur de son courage.

L'École des Robinsons

Il était une fois un redoutable homme d'affaires, immensément riche, qui s'appelait William W. Kolderup. Il vivait à San Francisco, dans un luxueux hôtel particulier, avec sa filleule, Phina Hollaney, et son neveu, Godfrey Morgan, tous les deux jeunes et charmants. Orpheline, Phina avait été adoptée par monsieur Kolderup. Elle eut droit à une excellente éducation et ne manqua jamais de rien. Cette adorable miss avait beaucoup de cœur et un sens pratique surprenant à son âge. Elle devait épouser prochainement Godfrey Morgan, union qui réjouissait beaucoup William W. Kolderup car c'étaient les deux êtres qu'il chérissait plus que tout au monde. Fils de sa sœur, morte depuis bien des années, Godfrey n'avait que son oncle comme famille. Ayant achevé ses études, son avenir était tout tracé : une existence oisive, confortable et… parfaitement prévisible. Mais cette vie où il n'aurait rien à désirer, aucun rêve fou, commença à lui peser, provoquant en lui une certaine mélancolie.

« Godfrey ! » Phina s'arrêta soudain de jouer son morceau de piano, en jetant sur son fiancé un regard plein de reproche.

« Tu ne m'écoutes pas du tout.

– Oh, mais si, bien sûr que si ! dit-il en prenant brusquement conscience de l'endroit où il se trouvait.

– Où étais-tu dans tes pensées ? insista Phina. Dis-le-moi en toute sincérité.

– Je ne sais pas… sur un navire, parcourant les océans, sur une île déserte peut-être, un endroit qu'aucun humain n'a jamais découvert… »

Phina comprit le désir de son fiancé de vivre des aventures extraordinaires, avant d'entamer une vie conjugale bien rangée. Bien qu'elle éprouvât une certaine tristesse, elle déclara avec son bon sens habituel :

« S'il faut absolument que tu partes, mieux vaut que ce soit avant le mariage qu'après ! »

À ce moment-là, les fiancés s'aperçurent de la présence de William W. Kolderup. Sérieux et réfléchi, il acquiesça à la demande de son neveu mais à une condition :

« C'est d'accord. Tu feras le tour du monde, mais avec le professeur Tartelett. »

Il faut savoir que M. Tartelett, professeur de danse et de maintien des deux jeunes gens, avait horreur de voyager. Mais comment refuser ce service à son bienfaiteur, sir Kolderup ? Ce fut ainsi que Godfrey Morgan et le professeur Tartelett embarquèrent sur le *Dream*, solide bateau à vapeur de six cents tonnes et de la force de deux cents chevaux. Il était commandé par le capitaine Turcotte, un loup de mer qui avait déjà couru tous les océans, sous toutes les latitudes. Quant à l'itinéraire, tout ce que l'on savait, c'est que le premier point de relâche devait se faire à Auckland, capitale de la Nouvelle-Zélande. Ou encore sur l'un des archipels du Pacifique ou bien dans un des ports de la Chine. Mais tous ces détails importaient peu à Godfrey, du moment qu'il s'en allait en mer...

Le départ eut lieu au mois de juin. Le bateau naviguait avec une belle brise du nord-est, le tangage ne se faisait pas sentir outre mesure. Le littoral américain n'avait pas tardé à disparaître sous l'horizon.

Quelques jours plus tard, un vent violent se leva. Godfrey ne perdait pas sa bonne humeur mais on n'aurait pu en dire autant de son infortuné professeur de maintien. Tartelett ne supportait pas les épreuves du tangage et du roulis. Non seulement, le professeur souffrait du mal de mer mais, en plus, la peur le saisissait à la vue de ces grandes lames écumantes qui déferlaient à la hauteur du bateau. Le temps devenait de plus en plus mauvais et menaçait sérieusement le navire. Heureusement, au bout de quelques jours, la tempête laissa place au beau temps. Mais l'accalmie ne dura pas longtemps. Le soir même, des brumes épaisses envahirent le navire. Les matelots installèrent des fanaux, ces grosses lanternes qui servaient à éclairer les récifs dangereux.

Vers une heure du matin, Godfrey fut réveillé par des clameurs épouvantables :

« Nous coulons ! Nous coulons ! »

Tout l'équipage était sur le pont, courant au milieu des ordres que donnait le capitaine. Le *Dream*, qui avait sans doute heurté un écueil, s'était enfoncé sensiblement. L'eau arrivait presque à la hauteur du pont.

« À la mer, monsieur Godfrey ! Sautez à la mer ! hurla le capitaine. Il n'y a pas un instant à perdre ! Le navire sombre à vue d'œil ! Il nous entraînera tous dans son tourbillon ! »

Quelques instants après, au milieu de cris de désespoir, les feux du bord s'éteignirent l'un après l'autre. Il n'y avait plus de doute : le *Dream* venait de couler à pic ! Quant à Godfrey, il avait pu atteindre une roche, à l'abri du ressac. Là, appelant vainement dans l'obscurité, ne sachant dans quelle partie du Pacifique il se trouvait, seul survivant peut-être de cette catastrophe, le jeune homme abattu attendit le jour. Enfin, la brume matinale commença à se dissiper. Godfrey aperçut quelques plages sablonneuses tout près de sa roche.

« Terre ! terre ! » s'écria le naufragé.

Mais sa joie d'être sauvé fit vite place aux doutes. De toute évidence, Godfrey se trouvait sur une île, complètement seul. En explorant les côtes, il n'aperçut aucun signe de présence humaine. Il avait faim, soif, froid. Il ne possédait aucune arme pour se défendre ou pour chasser, aucun vêtement de rechange, aucun outil. Il avait envié le sort d'un Robinson, eh bien, il verrait à présent si c'était un sort enviable ! Il se rappela son oncle William, sa fiancée Phina, ses amis qu'il ne reverrait peut-être plus… Son cœur se serra et une larme lui vint aux yeux.

Le jeune homme continua à marcher sur les dunes. Soudain, il aperçut un objet, une forme humaine peut-être…

« Tartelett ! s'écria Godfrey. Vous êtes vivant !

– Monsieur Godfrey ! pleura le professeur. Où sommes-nous ? Où est l'équipage ? Qu'allons-nous devenir ?

– Des Robinsons peut-être ! répondit le jeune homme, en souriant malgré lui. Nous sommes seuls, sur une île déserte… »

La dure réalité ne laissa pas le temps aux deux naufragés de se lamenter davantage : il fallut trouver vite de quoi se nourrir et un abri où passer la nuit. Les coquillages comestibles et les œufs d'oiseaux ne manquaient pas sur l'île, mais après plusieurs jours, ce repas frugal commença à être insuffisant. Godfrey et Tartelett décidèrent alors d'explorer les profondeurs de l'île, avec sa forêt dense et ses arbres géants. Et quelle ne fut pas leur surprise lorsqu'ils découvrirent tout à coup des poules, des moutons et des chèvres, parfaitement américains ! Tous ces animaux domestiques provenaient du *Dream*. Comment réussirent-ils à se sauver ? Quelle importance ! Godfrey et Tartelett avaient désormais de quoi bien se nourrir ! Mais ce qui leur manquait encore, c'était le feu ! Godfrey avait un bon couteau dans ses poches, mais rien d'autre. Avec détermination, le professeur se mit à frotter deux bouts de bois secs, mais sans résultat… Tartelett ne cachait pas son désespoir. La peur le paralysait. Quant à Godfrey, il prit son courage à deux mains, décidé plus que jamais à survivre. Et justement, il trouva enfin un groupe de séquoias géants et l'un des arbres s'avéra creux à l'intérieur. Les deux Robinsons trouvèrent là une maison en bois tout à fait acceptable pour braver les intempéries. Un petit ruisseau coulait non loin et une prairie pouvait parfaitement accueillir les animaux domestiques. Quelques jours plus tard, un violent orage éclata. Les deux hommes se blottirent dans leur refuge, en écoutant avec effroi la foudre s'abattre à proximité. Elle vint frapper un vieil arbre qui s'enflamma aussitôt.

« Le feu ! s'écria le professeur. C'est un cadeau du ciel ! »

Tartelett gardait désormais ce bien, ô combien précieux, qui leur permettait enfin de manger de la viande cuite.

Après tant de malheurs, la chance continua à leur sourire : une malle, provenant probablement du *Dream*, s'échoua mystérieusement sur la plage. Godfrey y trouva un vrai trésor ! Des outils, des armes, des vêtements, des ustensiles de cuisine et de toilette, du thé, du café, et même… un *Manuel du parfait cuisinier* ! Le jeune homme était fou de joie. Les naufragés pouvaient désormais chasser, fabriquer plein d'objets pour équiper leur maison et se sentir en sécurité. Mais leur vie ne devint pas paisible pour autant. Un jour, une pirogue de sauvages accosta sur la grève. Une douzaine d'hommes noirs très robustes allumèrent un feu, tout en surveillant leur prisonnier, attaché au piquet. Il était manifestement destiné à être rôti et dévoré… Godfrey et Tartelett les observaient, cachés dans les broussailles.

« Des cannibales… chuchota Godfrey au professeur, tout blême. Il est de notre devoir de sauver cet homme ! »

Godfrey tira en l'air quelques coups de fusil et aussitôt les sauvages déguerpirent paniqués. Le prisonnier, tout aussi effrayé, gisait par terre, sans oser bouger. Ce nouveau compagnon inattendu se montra fort intelligent et très utile. Carèfinotu, car tel était son nom, était très agile, vigoureux et travailleur, même s'il avait du mal à comprendre la langue et le fonctionnement des hommes blancs. La vie sur l'île reprit son cours pour les trois Robinsons, jusqu'au jour où Carèfinotu aperçut de loin un énorme ours gris. Sans réfléchir, Godfrey fit feu. Aussitôt, la bête roula au pied de l'arbre. Mais Carèfinotu, très prudent, ne laissa pas Godfrey s'approcher de l'ours qui était peut-être encore vivant. En apprenant que des animaux dangereux vivaient sur l'île, le professeur Tartelett faillit tomber dans les pommes.

Plusieurs mois avaient passé depuis le naufrage du *Dream*. En novembre, le mauvais temps s'installa avec des pluies froides interminables. D'autres animaux effroyables firent leur apparition. Un tigre gigantesque, tué d'un coup de fusil par Godfrey, tomba dans la rivière. Le jeune homme décida alors de construire une haute palissade pour protéger leur abri.

Il n'avait pas encore terminé son travail quand des serpents venimeux apparurent, puis un énorme crocodile prit en chasse Tartelett qui détala à toute vitesse. Heureusement, Godfrey ne perdit jamais son sang-froid et abattit le monstre. Des fauves de plus en plus nombreux rôdaient autour du séquoia géant : tigres, lions, panthères, hyènes… Mais d'où venaient-ils ? Ils rugissaient de plus en plus près, de plus en plus menaçants. Soudain, ils attaquèrent le refuge des trois compagnons déboussolés. Les coups de fusil ne suffirent plus à les éloigner.

« Il faut grimper en haut de l'arbre ! » cria Godfrey à Tartelett et Carèfinotu.

Les fauves ravagèrent toute la maison et répandirent les braises de la cheminée. Le feu commença à se propager. Le séquoia tremblait des racines jusqu'à sa cime. Accrochés aux branches, les trois amis se crurent perdus.

« Dix-neuf janvier ! s'écria alors Carèfinotu dans un anglais parfait. C'est aujourd'hui que votre oncle William doit arriver. S'il ne vient pas, nous sommes fichus ! »

Cinq minutes plus tard, une troupe de marins apparut en faisant fuir les animaux sauvages.

« Oncle William ? Phina ? Mais que faites-vous ici ? balbutia Godfrey sans rien comprendre.

– Comment as-tu trouvé l'île Spencer, mon cher neveu ? demanda tout simplement monsieur Kolderup. Je l'ai achetée il y a six mois.

– Vous étiez au courant… ? dit Godfrey complètement abasourdi.

– Parfaitement ! dit l'oncle très fier de lui. Tout était soigneusement organisé : le naufrage, les animaux domestiques, la malle, l'arrivée de Carèfinotu… L'ours et le tigre étaient faux.

– Mais le crocodile, les serpents, les lions… ? interrogea soudain professeur Tartelett.

– Je soupçonne mon ennemi de toujours, monsieur Taskinar, qui voulait acquérir l'île, lui aussi. C'est le seul à être capable d'envoyer ces fauves malfaisants ici. Enfin, tout est bien qui finit bien. Je suis très fier de toi, Godfrey !

– Il est temps de rentrer à la maison, intervint Phina en serrant son fiancé dans ses bras. N'oublie pas que nous devons nous marier ! »

De la Terre à la Lune

A cette époque-là, en Amérique, tous les génies militaires et les fabricants de machines de guerre appartenaient au prestigieux *Gun-Club*. Seulement, les guerres se firent rares et les membres du *Gun-Club* se retrouvèrent plongés dans un désœuvrement et un ennui profonds. C'est alors que son président, Impey Barbicane, eut l'idée, ô combien audacieuse, de construire le premier engin capable de voler jusqu'à la Lune ! Barbicane calcula que, avec une propulsion initiale suffisamment puissante, le projectile arriverait forcément sur la Lune, tel un boulet de canon. Toutes les villes des États-Unis s'enthousiasmèrent pour ce projet fou ! L'Observatoire de Cambridge se mit aussitôt à étudier tous les aspects scientifiques d'une telle expérience, puis déclara que la Lune serait au plus proche de la Terre en décembre de l'année suivante. Les préparatifs devaient donc commencer au plus vite. On décida que la Floride serait l'endroit parfait pour le lancement. Les travaux démarrèrent avec entrain : on coula un canon gigantesque, enfoui dans le sol, puis on fabriqua une capsule dans le meilleur acier. Un jour, à la surprise générale, Michel Ardan, un Français qui n'avait pas froid aux yeux, proposa d'aller en personne sur la Lune ! Et il ne serait pas le seul humain à tenter l'expédition : le capitaine Nicholl et Impey Barbicane lui-même étaient prêts eux aussi à risquer leur vie. Des hommes sur la Lune ? Quelle folie ! On installa un télescope géant dans les montagnes Rocheuses pour suivre la capsule. Le 1er décembre à 22 h 47 minutes et 20 secondes, une détonation épouvantable se produisit et une immense gerbe de feu jaillit des entrailles du sol. Le projectile fendit l'air, victorieux au milieu des vapeurs flamboyantes, avec, à son bord, trois voyageurs et un chien.

Le temps étant couvert, le télescope perdit toute trace de la capsule. Les premiers explorateurs de l'espace étaient-ils toujours en vie ? Dans leur prison de métal hermétiquement close, ils étaient plongés dans une obscurité profonde. Ce qui n'empêcha pas le président Barbicane de s'écrier :

« Mes amis ! Nous sommes dans l'espace ! Regardez à travers les hublots ! Toutes ces étoiles qui brillent autour de la Terre et la Lune qui nous éclaire... »

Les étoiles se détachaient comme des points vifs sur le fond noir du ciel. De toute évidence, le projectile dépassa la couche atmosphérique. Soudain, ils aperçurent un objet brillant qui s'approchait d'eux avec une vitesse prodigieuse. Une collision était fort probable.

« Mille dieux ! s'écria Michel Ardant. Les deux trains vont se rencontrer ! »

L'astéroïde passa à quelques centaines de mètres à peine du projectile. Terrifiés, Michel Ardan, le capitaine Nicholl et Barbicane suivirent du regard ce corps céleste qui aurait pu les pulvériser. La catastrophe fut évitée de justesse ! Le projectile continua à avancer dans ce vide absolu, au milieu du silence absolu. Les voyageurs s'endormirent dans leur wagon spatial matelassé, d'autant plus paisiblement que leur véhicule semblait immobile, malgré sa vitesse effrénée. Le lendemain, Nicholl laissa échapper un verre de sa main, et celui-ci, au lieu de tomber, resta suspendu dans l'air. D'autres objets firent de même. Le chien ne semblait même pas s'apercevoir qu'il flottait lui aussi dans l'air. Les trois aventuriers sentaient que la pesanteur n'avait plus d'emprise sur leur corps. Soudain, Michel prit un peu d'élan, puis se retrouva suspendu en l'air.

« Ce que je regrette, dit Michel, c'est de ne pas pouvoir faire une promenade à l'extérieur. Quelle sensation cela doit être de flotter dans ces purs rayons du Soleil ! Pourquoi ne pas avoir fabriqué de scaphandres munis de pompe à air ? Quel dommage ! »

Fascinés, les explorateurs cherchaient tout le temps à percer les profondes ténèbres de l'espace.

C'est alors qu'un bouquet étincelant d'étoiles filantes s'épanouit devant leurs yeux. Des centaines de traînées lumineuses, enflammées au contact de l'atmosphère terrestre... Toute l'étendue de la sphère céleste fourmillait d'étoiles et de constellations d'une pureté merveilleuse, à rendre fou un astronome. D'un côté, le Soleil, comme la gueule d'un four embrasé, disque éblouissant sans auréole, se détachant sur le ciel noir. De l'autre, la Lune paraissant immobile au milieu du monde stellaire. Puis, cette planète bleue d'une beauté inouïe : la Terre. Çà et là, des nébuleuses massées comme de gros flocons d'une neige sidérale. Et plus loin encore, un immense anneau, formé d'une étrange poussière d'astres : la Voie Lactée... Quel spectacle ! Pourtant, la Lune avançait majestueusement sur le firmament étoilé. Encore quelques degrés et elle atteindrait le point précis de l'espace où le projectile devait la rencontrer. Barbicane calcula qu'ils accosteraient dans l'hémisphère sud, là où s'étendaient d'immenses plaines et où les montagnes étaient rares.

« Pensez-vous, chers amis, que la Lune est habitée ? demanda tout à coup Nicholl.

– Et pourquoi pas ? répondit Michel Ardan. Beaucoup de gens croient à l'existence des Sélénites, un peuple bien plus ancien que les Terriens !

– Mais comment peuvent-ils vivre sans respirer ? demanda à son tour Barbicane. Je suis persuadé qu'il n'y a pas la moindre molécule d'air à la surface de la Lune... »

Pendant ce temps-là, le projectile s'approchait visiblement de la Lune en suivant une ligne oblique. Les trois aventuriers commencèrent à s'inquiéter : à l'heure qu'il était, ils devraient déjà marcher sur la Lune ! De toute évidence, leur bolide déviait et la rencontre avec la Lune semblait de plus en plus compromise.

« Maudit astéroïde ! s'écria alors Barbicane. C'est son passage qui a fait dévier la trajectoire de notre capsule. »

Ils risquaient de passer tout près de la Lune sans pouvoir découvrir ses mystères !

Quant au sort que leur réservait l'avenir, ils ne voulaient même pas y songer. Comment rentrer sur Terre ? Aucune importance ! Ils pouvaient produire de l'air pendant deux mois et avaient des provisions pour un an. Il fallait désormais consacrer tous leurs efforts à observer cette Lune fascinante, même s'ils ne pouvaient pas l'atteindre. Ils admirèrent ces immenses étendues, appelées « mers », mais ils ne purent deviner leur origine. Elles ressemblaient tant aux océans terrestres, mais il n'y avait point d'eau. Leurs noms laissaient rêveur : la mer des Pluies, la mer des Tempêtes, la mer de la Sérénité, le lac des Songes... Les explorateurs reconnurent les cratères Kepler et Aristarque, le golfe Torride, le golfe de la Rosée et le golfe des Iris. La couleur de la surface lunaire était gris sombre, mélangé de vert et de brun. On nota même une teinte rougeâtre. Des sillons traversaient les plaines. Que cela pouvait-il bien être ? Des phénomènes de végétation ? Pourtant, tout semblait désert et aride. Pas un ouvrage ne trahissait la main de l'homme. Pas une ruine n'attestait son passage. Partout, c'était le règne du monde minéral.

« Et si l'atmosphère s'était réfugiée au fond des cavités ou même sur la face opposée de la Lune », espérait encore le capitaine Nicholl.

Soudain, ils aperçurent un énorme trou. C'était le lac Noir, un cratère profond que l'on voyait facilement depuis la Terre. Puis, le projectile dépassa la ligne de démarcation entre la lumière intense et l'ombre absolue et il fut subitement plongé dans la nuit noire. La transition s'était opérée si rapidement, sans aucune nuance, que la Lune semblait s'être éteinte sous l'influence d'un souffle puissant. En effet, l'obscurité était profonde. Les voyageurs allumèrent une petite lampe dans leur capsule, même s'il fallait économiser le gaz.

« Nous allons vivre une nuit de 15 jours », annonça Impey Barbicane.

Mais un autre fait, bien plus inexplicable, préoccupait Barbicane. Ils passaient à une distance si rapprochée de la Lune, 50 km à peine, pourquoi ne tombaient-ils pas ?

Le projectile résistait à l'attraction lunaire. Pourquoi ? Où allaient-ils ainsi ? Soudain, ils sentirent un froid très vif. Le Soleil ne réchauffait plus le projectile et les voyageurs risquaient de geler dans leur prison perdue dans l'espace. Puis, au milieu des ténèbres, une masse énorme et enflammée était apparue. Barbicane avait saisi la main de ses compagnons et tous les trois regardaient cet astéroïde chauffé à blanc foncer vers eux. L'impact semblait imminent quand, tout à coup, le globe de feu éclata comme une bombe, sans faire de bruit. À moitié tétanisé, Michel Ardant appela ses amis :

« Regardez ! La Lune invisible est enfin visible ! »

Durant quelques secondes, ils aperçurent la face cachée de la Lune, éclairée par l'explosion. Que virent-ils ? Des océans d'eau ? Des signes de vie ? Ils étaient incapables de le dire avec certitude. Ce dont ils étaient sûrs en revanche, c'était que leur bolide avait effectué un tour complet de la Lune, ou plus exactement une ellipse. Allaient-ils graviter éternellement autour d'elle, comme son nouveau satellite ?

« Nous pouvons encore retomber sur la Lune, dit soudain Barbicane, mais il nous faut agir sur ce mouvement qui nous emporte au moment précis où l'attraction de la Terre et celle de la Lune se neutralisent mutuellement. Nous utiliserons la force de recul de nos fusées. »

À une heure, dans la nuit du 7 au 8 décembre, Michel Ardant alluma les fusées. Le projectile éprouva une secousse, puis se mit à tomber vers... la Terre. Une chute épouvantable commença. Le projectile devait frapper la Terre avec la même vitesse que celle de son départ !

« Nous sommes perdus », dit froidement Nicholl.

Ce jour-là, l'équipage d'un bateau de la marine nationale des États-Unis aperçut, quelque part en mer entre Hawaï et la côte américaine, un bolide enflammé par la rapidité de sa course. Il tomba dans l'océan avec un bruit assourdissant. Lorsqu'il resurgit enfin à la surface, le monde entier retrouva ses trois courageux explorateurs... en train de jouer aux dominos !